無限の回廊

角川ホラー文庫
24553

目次

主な登場人物

佐々木《ささき》るみ　心霊案件を扱う佐々木事務所の所長。中性的な風貌《ふうぼう》。
青山幸喜《あおやまこうき》　るみの助手。気立ての良い常識人で、るみにはいつも振り回されている。
片山敏彦《かたやまとしひこ》　絶世の美青年。存在するだけで注目を集めてしまう。
物部斉清《もののべなりきよ》　四国に住む拝み屋の青年。
竹末保《たけすえたもつ》　物部家の世話係。

2024.08.19

本日の依頼者：室田《むろた》恵子《けいこ》（41）

隣の部屋から毎晩、女の幽霊が腕を伸ばしてきて眠れないという相談。言動ははっきりしており、理路整然としている。既に精神科にはかかっているが、それでも解決しないらしい。彼女におかしな部分はないと判断し、早速彼女の住むマンションへ行ってみたところ、女の幽霊ではなく、男の幽霊がいた。見える人間に無差別に干渉してきているようだったので、対処した。所要時間、移動も含めて五時間。簡単な仕事だった。

それにしてもありえないくらいの猛暑だ。

こんな日には青山《あおやま》君に頼むと冷たいものを作ってくれる、と未《いま》だにそう思う。私はもう三十をとうに過ぎているから、こんな甘えた考えを持つべきではない。

青山君は最近おかしい。

実家の仕事が忙しいと言って、あまり事務所に来ない。待降節でもないのに。

こんなふうに考えるような気持ち悪い人間だということがバレているのだろうか。

だから、来ないのだろうか。そんなふうに疑ってしまっている。私に疑う資格がないことも、分かっている。彼は無断欠勤をしているわけではないのだから、文句のつけようもない。

領収書の管理やら請求書の発行やら……そういったことだって、やってくれている。

ただ事務所に来ないだけだ。

後悔ばかりが押し寄せる。

最近おかしいですよ、なんて言わなければよかった。

目を逸《そ》らし続けていたけれど、間違いなくこれが原因だ。

おかしいのは私だ。距離感の分からない、どうしようもない人間。

きちんと謝ろう。次、もし彼が来たら。

第一章　目的論的証明

「まだ？」と尋ねられたような気がする。私は、「まだ」と答えるしかない。まだ、悪夢は終わらない。

悪夢って、何の？

薄《う》っすらと目を開ける。光が目を刺して、もう一度瞑《つむ》る。

頭が痛い。割れるように痛い。なぜだろう。

読経が聞こえる。

読経が降ってくる。突き刺さる。

頭が痛い。体も、首も、手足もだ。

横目に見えるのは、真っ黒なスーツの脚と革靴だ。

パイプ椅子に座っている。

私自身も、真っ黒なスーツを着ている。

なぜ私はここに――いや、一体ここは――

「あなたの死はあまりにも唐突でした」

女性の声が聞こえる。マイクを使っている。

「私は悲しみよりもむしろ、人生の理不尽さに、呆然《ぼうぜん》としています。信じられません。信じたくありません。あなたのような、どこまでも善き人で、いつも他人のことを優先してきた方が、どうして」

言葉が途切れる。すすり泣きが、マイクを通して響く。

「……どうして、こんなに早く、旅立たなくては、ならないのかと。ここに集まったのは、あなたに命を助けられた人間ばかりです。この葬儀も、あなたや、あなたのご親族の意思とは違うと分かっています。それでも私たちは、あなたを、私たちと同じように、同じ世界で見送りたかった。いいえ、嘘です。嘘を吐《つ》きました。私はあなたに私たちと一緒に生きていてほしかった。私たちは、爪の先程も恩返しをしていないのに、どうしてですか」

会場の方々から、すすり泣きが聞こえる。しゃくり上げたり、大声をあげて泣いている者までいる。故人は慕われていた。献身的で、様々な人を助け、感謝されている。彼の死を、誰もが悲しんでいる。

「私たちはあなたのいない世界で、どうやって生きていけばいいのでしょう」

頭痛が止まらない。顔を上げる気にならない。早く終わってほしい。私は、なぜ、

こんなところにいるのだろう。私は、こんな場所に、

「斉清《なりきよ》さん」

私はこんな場所にいていいはずはない。

「斉清さん、私たちは、あなたが旅立ったとは、とても」

よくある名前だ。斉清なんて、親が戦国武将にでも憧《あこが》れて付けたのだろう。よくある名前だ。沢山、いる、そんな名前の人間は。

「物部《もののべ》斉清さん、大好きです」

顔を上げてはいけない。頭も痛いし、顔を上げても良くはならないし、顔を上げたところで何も起こらないし、だからずっと、見てはいけないし、そんな写真は見ても意味がないのだ。

どうして私はここにいるのだろう。

顔を上げる。

品のいい顔立ちだ。誰が見ても、整っていると思うだろう。

鼻筋の真っ直ぐ通った細面。肌は白く、薄い唇は薄っすらと微笑みを浮かべている。写真であっても、その瞳《ひとみ》は不思議な色をしている。

彼は現人神《あらひとがみ》として存在していた。そう扱われていた。心の奥底まで見通すような、何色とも言い表せない瞳で、写真の中の彼は私を見ている。

「物部斉清さん、あなたのことは絶対に忘れません」

物部斉清は死んだ。

もう、帰ってはこない。


真言《しんごん》宗式の葬儀は終わった。

ホールから、ぞろぞろと人が退出していく。

私はなんとなく立ち上がったものの、動く気になれない。

写真の物部斉清の表情は変わらない。もう彼と言葉を交わすことはない。

「おい」

背後から乱暴な声が聞こえる。何も答えない。

「おい」

左肩を強く摑《つか》まれる。咄嗟《とっさ》に払いのけようとしても、太い上腕はびくともしなかった。

腕の主は、私を睨《にら》みつけている。

「おい、ち言いよんじゃ、返事もできんのか」

剃《そ》り込みの入った短髪。確か前見た時は金髪だったが、葬儀に出席するから染めたのか、黒い髪だ。筋肉質な体形はスーツを着ていても分かる。

竹末保《たけすえたもつ》だ。物部家専属の世話係で、物部斉清と一緒に生活していた。

私は彼が苦手だった。彼は、心の底から崇敬しているが故に、物部斉清に面倒ごとを持ち込む人間を排除しようとする。それ自体はまだいい。私が何よりも嫌だったのは、物部本人がそれを嬉《うれ》しく思っているようだったところだ。産後の獣のように、物部斉清に関わる者に苛烈《かれつ》な反応を見せる保と、それを宥《なだ》めつつも常に側に置いている物部斉清は、親子のように見えた。

「聞いとんのか」

摑んだまま、肩を激しく揺さぶられて、私は我に返る。

葬儀は終わった。そして、今、保に話しかけられている。そうだ。私は今、土佐《とさ》にいる。

「なんでしょうか」

私の声は小さく、掠《かす》れていた。とりあえず聞き返すことしかできなかった。

保は、テメエとか、そんな感じの荒っぽい言葉を発してから、思い直したように黙り込む。しばらくじっと待っていると、やがて口を開く。もう喧嘩腰《けんかごし》でもなかったし、こちらを睨んでもいなかった。

「あんたに聞きたいことがあるってな、正清《まさきよ》さんと清江《きよえ》さんが言うちょるんよ。ちょっと来てくれんか」

正清とは、物部斉清の祖父で、清江とは、母親だ。二人の顔を思い浮かべる。彼らは、私のことを――

「説明……」

「はあ……とぼけた反応しとんじゃねえわ」

「すみません……」

保はひとつひとつ区切るように言う。

「もう、おらんのじゃから」

物部斉清は死んだ。

もう分かっている。

どこにも彼はいない。

「もうかえりたい」

子供の声がした。

視線を下げると、子供の顔があった。色白で、頬がふっくらしていて、鼻がすっと通っている。そして、目が。

「なあ、保くん、もうかえりたい」

「ああ、隆清《たかきよ》さん、ほうじゃよね、疲れましたよね」

保はわざとらしいほど柔らかい声色でそう言う。

「もう、帰りたいですよね。俺も、帰りたいですわ」

保の腕が、子供を抱きかかえる。子供は保の肩に腕をかけ、顔をすっとこちらに向けた。

「物部さん」

私の口から思わず言葉が出た。

目の色がそっくりだったからだ。

「もうおらんて言うちょるがじゃろ」

保は乾ききった口調でそう言った。

保の運転する車で、物部家の集落を目指す。

あの葬儀には、保と、物部斉清の息子である隆清以外、物部家の関係者は参加していなかったようだ。

葬儀は真言宗の方式だった。

「皆さんが、どうしても、ち言うき」

私の心の中を読んだかのように保が言った。

「どうしても、斉清さんとお別れがしたい、言うき。その辺はあんたの方が詳しいじゃろうが、葬式は──」

「はい、あれは、そちらの流派では、あり得ないでしょう」

「ほうじゃ。物部さんとこも、俺ん家族も、反対した。ほいでも、俺は……」

保はそう言ったきり、黙ってしまった。

きちんと専門的に学んだわけではないが、聞いたことがある。彼の流派には、死ぬことは、仏の世界から神の世界に転属させること、という考え方がある、と。だから、確かに仏葬などしてしまってはおかしい。

だが、私は、葬式というものは、あくまで生きている人間が死とどう向き合うかという話に過ぎないと思っている。きっと、違うのだろう、宗教家にとっては。けれども、物部に助けられ、物部を愛した人々はきっと、宗教家よりは私に近い人々であるはずだ。きっと、目の前のこの男も。

私は何もかける言葉を持っていない。そのまま車は進んで行く。

かなり山深く入ったところで、保は車を停めた。

無言でドアを開け、隆清を胸に抱いた後、私にも降りるように顎《あご》をしゃくった。

私は保に抱かれている隆清をじっと見る。

本当に良く似ている。物部斉清が、そのまま小さくなったように。

「似ちょるんは見た目だけじゃ」

保は隆清の頭に優しく手を添えて、顔を自分の方へ向けさせた。

「あなた、心が読めるんですか」

「読めるわけないがじゃろ。『そっくりですね』ちなんべんも言われるき、分かるだけじゃ。見た目だけは、似ちょるよなあ」

「すみません……」

車では入り込めない、ひどく狭い道を歩く。この辺りには、山にへばりついたような集落が点在している。

足元はアスファルト等で舗装されてはいないが、邪魔な草木はどけられているし、何人かに踏み固められたところがあって、そこを道として進んだ。決して平坦《へいたん》とは言えないから、地面に目線を落とす。

「車輪だ」

口に出してから後悔する。でも、どうしても、言わずにはおれなかった。その道には、二本、整ったラインが刻み込まれている。

物部斉清は、保に押されて、あるいは一人でも、すいすいと車椅子で山道を進んでいた。

「ほうじゃ。思い出すと、涙が出るか?」

保がまた、何も言っていないのにそんなことを聞いてくる。

「いえ……」

「薄情な奴。俺は、下は見れん」

どう返していいものか分からない。私には、何も分からないのだ。人の死を受け止めることができるのは、結局その人に対してそこまで大きな思い入れがなかったからだろうと思う。そう思うが、実のところそれも分からない。夫を失った妻が、夫の葬儀で、涙一つ零《こぼ》さず喪主を務めているのを見たことがある。果たしてその妻に、夫に対する思い入れがないなどと言えるだろうか。

私はもちろん、泣くことができない。気丈に振る舞っているわけではない。物部に対して思い入れがないわけでもない。ただ、どういう反応が正解なのか分からない。四十歳になるのだってそう遠くはないのに、私の情緒は幼児にも遠く及ばない。

隆清を抱える保の腕が震えている。

「代わりましょうか、腕が、疲れるでしょう」

「いらん、女にそんなことさせられるわけないが」

女、と言われて驚く。彼は以前は私のことをブスと呼び、女扱いなど決してしなかった。ブスは事実だし、そのような扱いを受けることも私にとっては普通のことなので、特に不満はない。だが、あからさまな嫌悪感を見せる彼のことは幼稚だと思っていた。

彼と物部は同級生だと聞いたことがある。だから、まだ二十代のはずだ。

でも彼は、落ち着き払っている。泣いたり喚《わめ》いたりしていない。勿論《もちろん》私のように、どう振る舞えばいいか戸惑っているわけでもない。

「物部さんのこと……悲しくないんですか」

「悲しいに決まっちょる。でもな、いつかはこうなるち分かっちょった。斉清さんは、いつかこやって、誰かのために、死ぬんは分かっちょった。誰も恨まん、恨んだりすんのは斉清さんが嫌がるき」

「寂しくは、ないですか」

「はあ?」

口調は鋭いが、怒鳴っているというわけではない。

「だって、あなた、物部さんと、恋人とか、夫婦とか……親子、みたいに、見えたから」

「アホぉ」

てっきり怒るかと思った。怒鳴られたり、摑《つか》みかかられたりするかもと。そうすれば、少しは気分がマシになったかもしれない。しかし、保は、歩き続ける。口調も穏やかだ。

「誰が神様と付き合ったり、結婚したりできるんよ。アホな。まあでも、アホな奴らによう言われたわ。ずっと一緒におったからな。『できてるんじゃない?』みたいなこと。そもそも、あの人をほんな目ぇで見れるんは、何も知らん奴だけじゃ。一応言うとくけど、俺結婚しとるし、子供もおるから」

「圭吾《けいご》くん！」

隆清が急に口を開いた。笑顔で保を見ている。

「ほうじゃ。ほうです。圭吾くんです。また遊んだってください」

隆清は満面に笑みを浮かべて、小さな手で保の耳を弄《もてあそ》んでいる。物部斉清は決して、こんな顔をしなかった。少なくとも、私の前では。

圭吾は俺の息子な、と保は短く言ってから、

「とにかく、俺は神様が——斉清さんがずっと、快適に過ごせるように……そうしとっただけじゃ。俺の仕事じゃき。でも、無駄じゃったかもな。結局、楽しいのは、俺ひとりじゃったかも」

「そんなことなかったと思いますけど」

「ありがとな。でもな、そうは言うても、何の力もないがやし。俺はなんも手伝えんかったから。実んとこ、あんたの方が、斉清さんの気持ちは分かるがやないろうね」

ははは、と保は口だけで笑う。

彼は成長している。成長していないのは、子供のままなのは、私だけだ。

竹末さん、と声をかける前に、

「おうい」

そう言って手を振ってくる二つの人影が目に入った。

顔が確認できるくらいまでその二人に近寄っていく。私は気まずくて、目を合わせないようにしながら、頭を下げた。

中年の女性。目鼻立ちがはっきりとしている。その隣にいる、鋭い目つきの、かなり痩《や》せた老人。これは清江と、正清だ。どちらも物部斉清にはあまり似ていない。

「この顔、父親に似ちょるらしいわ。父親の顔、見たことがないけんど、鏡を見ればいつでも会える〜」

彼は、以前一緒に酒を飲んだ時に、上機嫌で、歌うようにそんなことを言っていた。こんなことばかり思い出す。思い出したくない。彼が人間であったことは。

「佐々木《さ さ き》さん？」

清江に呼ばれて、慌てて顔を上げる。

「ごめんなさい、私……」

「わざわざ来てもらって、ありがとうね」

清江は微笑んでいる。

「ごめんなさい」

自然と、その姿勢になっていた。

人は、心からすまないと思うと、額を地面に擦《こす》りつけるのだろう。

自分より下の人間などどこにもいないと思うからだ。誰からも見下ろされてしかるべき人間だと思うからだ。

顔を上げてとか、そんなことしなくていいとか、そういう声が聞こえても、私はずっと、地面に這《は》いつくばったまま、ごめんなさい、と繰り返した。

佐々木事務所。

社会不適合者の私が開業した、心霊関係の問題を専門に取り扱っている事務所だ。

私には、所謂《いわゆる》霊能力がある。

人でないものが見える。それだけではなく、それらのうちの悪いものを祓《はら》えたりもする。

物部斉清のような、人というよりはむしろ神に近いまでの力を持っているわけではないから、祓えるものも、普通の人間の霊とか、それくらいのものだけだ。

どう祓うかというと、私の押し入れの中に放り込む。

私の押し入れは、私の心の中だけにあるものだ。幼少期、私は両親から、ひどい虐待を受けていた。存在すら邪魔にされてずっと閉じ込められていた、埃《ほこり》っぽくて狭い押し入れ。私はそこで、自分の力に気がついた。私にはどうやら、強く願ったことが、ごくたまに実現するという力があるらしいと。私は閉じ込められている間、光一つない暗闇の中で、友達ができる妄想をしていた。すると、私には可愛くて素晴らしい、人魚姫の友達ができた。当然、実在はしない。姿は、私が唯一もらった母親からの贈り物である、アニメ絵本に出てくる人魚姫そのものだった。人魚姫の話す言葉は、すべて私の中から出てくるものだった。しかし、私はそれを本当に大事で、かけがえのない存在だと思っていた。私は彼女のために、ゴミで玉座を作り上げた。私の宝物だった。

人魚姫が最初に殺したのは両親だった。次に殺したのは私をいじめぬいた同級生だった。そこで私は、人魚姫など妄想の産物で、それが人を殺したということは、私が殺したということだと理解した。

児童養護施設から私を引き取り、養子縁組をしてくれた百合子《ゆりこ》。百合子のおかげで私は、なんとか人間に見えるような振る舞いができるようになった。しかし、それは私が変わったことを意味しない。私は幼いころからずっと、虐げられた恨みと暴力性を抱えた獣のような子供だ。

私のような人間は、まともな仕事に就けるわけがない。

私のような人間に、まともな人間は寄ってこない。

これは卑屈な思い込みではなく、事実だ。

その依頼は、私の助手の青山君経由でやってきた。

青山君の実家は、中央区《ちゅうおう》にあるポーリク青葉《あおば》教会だ。世にも珍しい、悪魔祓いをするプロテスタント教会である。

依頼人の女性は、教会の信徒の娘であり、青山君から私を紹介されたという。

彼女が事務所に来訪したのは予約時間の三十分前で、青山君は牛乳を買いに外出していた。正直な話、時間通りに来てほしいものだと思ったし、青山君の紹介なら青山君がいるときに応対したかったのだが、外で待てと言うわけにもいかず、私は彼女を迎え入れた。

三十代くらいの痩せた女性で、名前は田町糸《たまちいと》。顔のパーツもすべてがちんまりとしていたが、なぜか視線に尖《とが》ったものがあって、何か気に障るようなことを言ってしまったら、即座に攻撃してきそうな危険性を感じた。はっきり言って、警戒していたのだ。

「私は子供が欲しかっただけなんです」

挨拶《あいさつ》もそこそこにそのようなことを言われ、私は困惑すると同時に、「やはりな」という気持ちを持った。

体のラインが出ないすとんとしたワンピースを着ているが、座ればその腹が膨んでいることは分かる。妊娠云々ではなく、何の前置きもなく突然そんなことを言うのは、彼女が「おかしい」証明であるような気がした。

ただ、それを直接言うと気分を害して帰る、よりも面倒なことが起こる気がしたため、「そうなんですか」と同調してみた。

すると彼女は前のめりで、ほとんど息継ぎもせず、十分くらい一方的に「わが身に起こったこと」を話した。

彼女は（あくまで彼女の感覚で）行き遅れだった。学生の頃から内向的で、三十歳になるまで彼氏ができたこともなかった。その初めてできた彼氏はマッチングアプリで出会った年上の男性で、最初から結婚前提だったという。

付き合って三ヵ月で入籍した彼女は、即座に妊活を開始した。

「ただでさえ行き遅れてるんですよ。本当は二十代で産みたかった。でも、過ぎたことは仕方ないですから」

彼女はかなり前のめりに妊活を行った。そこに、夫の意思は介在していなかった。

夫婦間のひずみは、ここから始まったのだという。

夫はまったく糸に協力的ではなかった。一緒に通院などはしてくれたと言うので、私がうっかり「じゅうぶん協力的ではないですか」と口を挟むと、彼女は目を剝《む》いて反論してきた。

「気持ちがなかったんです！　心が！」

明らかに仕方なく付き合っている、というのが分かったと糸は言った。そして、だからまるで子供ができる気配がなかったのだ、と。

彼女は思い悩んで、医療以外の方法にも頼るようになった。

アロマオイル。サプリメント。体操。それくらいならまだ「民間療法」の領域に収まっていたかもしれない。しかし、「赤子が降りて来る祈り」「高額なパワーストーンブレスレット」まで行くと、私は顔を顰《しか》めるしかなかった。このようなかなりスピリチュアルなことを生業《なりわい》にしておいて何を言っているのかと思われるかもしれないが、私は適切でないことが嫌いなのだ。原因が別の部分にあるのに、頓珍漢《とんちんかん》な対処をしているのは許せない。自分の職域においても、医療の介入があればなくなる悩みごとを、無理やり祟《たた》りや呪いのせいにすることはあり得ないと思っている。糸は完全に、適切ではない対処をしていた。

彼女は日々、「子供ができない」というキーワードでネットの書き込みを探し、そこで「子供をさずける神」の情報を得た。

その神は茅渟天貴命《ちぬのあまたかつのみこと》という名前で、島根県に小さな社を持っていた。話を聞いた限りでは、女性宮司と名乗ったらしい中年の女は恐らく何の知識もない人間だ。なにしろ、宮司と禰宜《ねぎ》どころか、寺と神社の区別すらついていないようだ。私はそれは内心に留め置いて、指摘はしなかった。しかし、表情から私の内心を読み取ったのか、糸は、効果はあったのだと強い口調で言った。

「お参りしてすぐに、お腹が大きくなったんです」

「それは、子供ができたということですか？」

そう尋ねると、糸はしばらく黙り込んでしまった。数分経っても下を向いたままうんともすんとも言わないので、

「話しにくければぼかしても……」

「いいえ！」

糸はまた攻撃的な口調で言う。

「あなたって、私の夫みたいですね！『辛《つら》かったら無理しなくていい』とか、『少しお休みしよう』とか言って……そんなのねえ！気遣いでもなんでもない！逃げですよっ」

「落ち着いてください、大声を出して他人を脅してはいけません」

ぴしゃりと言ったのは、なんと青山君だった。いつの間にか帰ってきたようで、手にチェックのエコバッグを提げていた。

「お辛い気持ちも分かります。しかし、そんな剣幕で、そんな言い方をして、気持ちよく話を聞くことができる人がいるでしょうか」

青山君は糸から決して目を逸《そ》らさなかった。アイルランドにルーツに持つ彼は目の

色が薄い。でも、それだけではない。心の底から、とてつもなく、まっすぐな人間なのだ。こんな、どこまでも澄んだ目でじっと見据えられると、少しでも自分に悪い所があったという自覚があれば、誰だって恥ずかしくて堪《たま》らなくなる。糸は口をぱくぱくとさせた後、小さな声で「ごめんなさい」と言った。

「謝る相手が違います」

青山君の声は決して冷たくはない。いつもどおり柔らかい。しかし、逆らえない圧力のようなものを感じた。

「……ごめんなさい、興奮してしまって」

糸は私に向かって、静かに頭を下げた。

「いえ、別に……」

青山君はにっこりと微笑みながら、

「田町さん、先輩、何か飲み物のリクエストはありますか？　大概のものは作れます」

と言った。

私が冷たいロイヤルミルクティーを頼むと、糸も「私もそれで」と言った。先程までの態度は鳴りを潜め、細い体をより縮めていた。

青山君――そう、青山君のことでも、私は悩んでいた。

青山君は私の院生時代の恩師、民俗学者の斎藤晴彦《さいとうはるひこ》教授のゼミ生だった。そのときの名残で、彼は私のことを「先輩」と呼ぶ。

学生時代からずっと、「善きキリスト者」を体現したような人格だった。真面目で、誠実で、優しく、困っている人には手を差し伸べ、誰からも好かれる。私は彼のそういった善性を利用し、寄りかかっていた。

ただ、少し前から、彼は変わってしまった。善良さが揺らいだわけではない。ただ、何か別の、もっと硬い質感のものが、彼の柔らかい部分を押しつぶしてしまったような気がしていた。

糸に対する物言いもそうだ。

私のよく知る彼ならば、いくら相手が間違ったことをしても、叱りつけるようなことはなかった。

糸はびくびくと、青山君の顔色を窺《うかが》っている。彼女も、彼に叱られるとは思っていなかったのだろう。

青山君は表情を変えない。飲み物を作り、私たちの前に置き、ただ笑顔で私の隣に腰かけ、

「僕のことはお気になさらず、お話続けて下さって構いませんよ」

そう言う。

彼の笑顔は人を安心させるものだった。

男性だが、父性というよりは母性に溢《あふ》れていて、辛いことや悲しいことにただ寄り添ってくれる。しかし、今の彼は――

「どうしたんです？」

彼の笑顔に射竦《いすく》められたように、糸はたどたどしく、彼女に起こったことをふたたび語りだした。

私、病院に行ったんです。妊娠検査薬は使っていないです。だって、目に見えてお腹が大きくなったんですから……。

産婦人科に行こうとしたのに、夫は近所の内科クリニックに連れて行きました。急にそんなふうになるのはおかしいって。

何度も神様にお祈りしたから、赤ちゃんが来てくれたのって説明しても、分かってくれなくて……辛いことがあるなら無理して僕に話さなくていいけれど、お医者さんにはきちんと説明してほしいとか言ってきて……私は正直、腹が立ちました。人任せかよって……神社だって、人任せだったからですよ。妊娠するのは女ですよ？　でも、もっと寄り添ってほしかった。無理しなくていいなんて言葉はいらなかった。無理しなくてはいけない、そういう状況を理解して、一緒に戦って……すみません。話、続けますね。

それで、検査の結果、これは、妊娠ではないですよと言われて。

妊娠じゃなかったらなんなんですか、まさか想像妊娠ですかと聞いたら、そうじゃなくて、腫瘍《しゅよう》じゃないかというんです。でも、それはおかしなことなんですよ。だって、動くし、お腹、蹴《け》るし。勘違いではありません。

詳しいことはきちんと検査しないと分かりませんが、という何の意味もない前置きとともに――知ってますか。『ブラック・ジャック』の、ピノコの。そう、お腹の中に、体のパーツだけあるやつ。それが、先生も見たことがないくらいの速さで成長しているから、動いたりするように感じるのではないか、と。先生は紹介状を書いて、私を大学病院送りにしました。そんなことしなくたって、こんな藪《やぶ》医者二度とこないという気持ちでしたけど。

それで、行ったら、緊急手術ということになりまして、腹に水が溜《た》まっていたというんです。それで、何もなかったことになりました。もう、最初から何もなかったみたいに。

それで、色々と検査もされたんですが、本来お腹に水が溜まるのは、ガンとか、そういう病的な状態の人みたいで、私は健康そのものだったので、先生方は首を傾げていました。そもそも、最初は中になんか入ってるって言ってたくせに、と言ったら、

「いいえ、内容物は水です」と。謝りもしない。私はもう、そこで医者というものを見限りたいような気持ちでしたが。

私は赤ちゃんが欲しかっただけなんですよ。それなのに、異常な体を持っているように扱われて、中身は赤ちゃんでも、腫瘍ですらなく、水ですよ。狂ってしまえるならラクだと思って、わざと、効果なんてないに決まっていることを沢山やりました。セックスはしないし、一度も吸ったことのないタバコを吸って、ホオズキのゼリーを取り寄せて食べました。だから、妊活とは真逆のことですよ。どうかしていたんですけど、どうかしていると思われたかったんです。私の辛い気持ちを——いえ、すみません。また。

それでどうなったと思いますか。

また、お腹が大きくなりました。すぐに。妊娠じゃありません、当然。前と同じように動きましたけど、さすがに、信じられません。

病院に行きました。緊急手術になり、腹の水が抜かれました。また色々な検査をされました。原因は分からず、皆困っていました。私は困るどころではなくて、どうしようどうしようと思って、医療以外の方法に頼りました。

ものすごく、スピリチュアルな方法ですよ。医者には言えませんでした。あなたたちにとっては、神社だって十分スピリチュアルなんでしょうが、もっと。つまり、

『見える人』のところへ行きました。ここは三軒目なんですよ、本当のことを言うと。

でも、私なりに、正しい手順を踏もうとは思っていて。だから、まずは一軒目の前に、元の神社、島根の神社に行きました。ここでおかしくされたのだから、元に戻してもらうというのが道理でしょう。

でも、不思議なことに、もう二度と、その女性宮司とは会えなかったんです。電話をしたら、着信拒否をされているのか出なくて。でも、それもおかしな話で、夫のスマホや、公衆電話からかけても出なくて。それで、直接行っても、社殿は相変わらずあるのに、誰もいないんですよ。私がお参りしたはずの祠《ほこら》は固く閉じられていました。

本当に困ってしまって、近所にここを知っている人がいるんじゃないかなと、市の観光案内所に聞いてみたら、「ああ、何度言っても勝手に変なものを建てる人がいて困ってるんですよ」「もしかしてあそこに参拝したんですか？　それよりもっときちんとした神社に行った方がいいですよ」、そんなことを言われました。神の国ですもんね、それは沢山神様がいるって。何度聞いても、我々も困っていますと繰り返されるばかりで。でも……納得がいかなくて。

ホテルに戻って……ネットの口コミで見つけたので、もう一度、同じようにネットで検索したんですよ。何か情報が集められないかなと。ここでは絶対にできる、ご利益があると書いてあったわけだから、地元の人の口コミだってあると思って。でもね、私はそれで――地名で検索すると、まっさきに出てくる地図と、その場所のレビューがあるでしょう。施設に、個人が評価をつけられるやつ。それをね、見てしまったんですよ。いや。もう見たはずなんですが、良い評価を。そこには、以前に私が見たのとまったく変わらない高評価が並んでいました。それで、スクロールすると、信じられないくらいの低評価の書き込みが沢山、沢山ありました。

低評価の書き込みには、ここに行くに至った悩み――つまり、不妊の悩みから、ここに辿《たど》り着き、女性宮司の話を聞き安心し、ご利益を得て、そして体調を崩す、そんなストーリーが詳細に、克明に書いてありました。どれもです。

その反対に、高評価の書き込みは、画一的なものばかり。ご利益がある、実際に授かった、そればかりです。

私は見たいものしか見ていなかったことに気がつきました。私が見た時も、その低評価レビューは存在していたはずなんですから。

そうこうしている間にも、また腹が膨れてきたのを感じました。それで、急がないといけないと思いました。

それでまた、東京に戻って、ネット検索で、評判の良い霊能者を探しました。今度は、きちんと低評価レビューも見るようにしたんですが、霊能者とかって、低評価しかない場合がほとんどでしたから、仕方なく、近場に行こう、ということにしました。

一軒目はてんで頓珍漢《とんちんかん》でした。大柄な女性でしたが、ただストレスが原因とか、夫婦関係の悩みを聞くとか、そんな誰にでも言えるようなことを言って、しまいには自家製のハーブティーを買わせようとしてきて。でもこういう商法、馬鹿にできませんよね。馬鹿な私は、こんな感じの女性宮司にまんまと騙《だま》されたんですから。

二軒目――この人が、運よく本物、ということになるかもしれません。夫が会社の人に教えてもらった、特に宗派とかのない、普段は飲食店で働いている『見える人』で、話を聞いてくれて、何か売りつけてくるようなこともない、と。その女性が、私を見るなり「私には無理ですね」と言いました。まだ一言も発していなかったので、「メールに書いた通り」と話そうとしたら、「いえ、もう私にできることはないですし、お話しすることで縁が結ばれでもしたらかなわないですから」と、ものすごく焦ったような感じで言われて。私は話を聞いてほしくて喋《しゃべ》り続けたんですけれど、「本当にもうやめてください、何もできることはありませんから。被害を広げて楽しいですか」、そんなことをキレ気味に言うんですよ。

「楽しくなんかないです、楽しいように見えますか！」

そう怒鳴ったら、彼女は少しだけ申し訳なさそうな顔をして、

「あの、私には何もできないんですけど……お祈りとかすればいいんじゃないですかね」

それだけ言って、私を突き飛ばすみたいに部屋から出して、ドアを閉めてしまいました。

それで、「お祈り」で思い当たることと言ったら、教会で。私の母は割と敬虔《けいけん》なクリスチャンで、私は信者ではないんですが何度か、青葉教会の方で礼拝とかバザーとかそういうのに参加させていただいたことがあるので。幸喜《こうき》さんのことも、二十代のときから知っていますし。それで相談したら、こういうお仕事をされているということで、二軒目の彼女には「お祈り」と言われましたけれど、多分お祈りでは解決しないので、こちらに、伺わせていただこうかなと。幸喜さんにも、そういうお話をしたので。

それで、それが二カ月前のことなんですけれど、相談を決めてから、気持ち悪いことが——腹の水より気持ち悪いことが起こるようになって。

ある日の深夜、ふっと目が覚めたんです。夜目覚めてしまったときは、二度寝しようとするのが普通だと思うんですが、妙にトイレに行きたくて。なんだか老人みたいでいやだな、と思ったんですが、隣の夫を起こさないように起き上がって。それで気づいたんですけど、ものすごく磯臭かったんです。その日の晩御飯は鶏《とり》つくねと豆腐とネギの味噌汁《みそしる》だったので、そんな臭いがすることはありえない。そういう、おかしなことに一つ気がつくと、すべてのことがおかしいと、分かってしまうんです。

どうして床が湿っているのか。

どうして夏なのに体が冷えるほど寒いのか。

どうして電気が消えているのか。

どうして廊下から人の声がするのか。

どうして、どうして、どうして。

ドアノブに手をかけたまま、一歩も動けなくなりました。

それを察したかのように、ぴたりと外の声がしなくなりました。

腹が痛みました。

ものすごく痛くて、声を出してはいけないと思うのに、呻《うめ》き声が出てしまいました。中のものがめちゃくちゃに暴れている、そう感じました。

たまらずに吐いてしまいました。磯臭さはどんどん増してゆくし、中から胃を蹴《け》られて、耐えられない。

――しんでいるか
そう聞こえました。私はその言葉の意味が分かりませんでした。

――しんでいるか
二回目で分かりました。

死んでいるか、です。

死んでいるか。死んでいるか。死んでいるか。外から聞こえてくるのではないと思いました。というか、どこから聞こえてくるか分からないんです。ただずっと、死んでいるか、と聞いてくるんです。

私は大声でやめてと叫んだような気がします。

気がつくと、病院のベッドの上に横たわっていて、二日経っていました。私は気持ちが悪くて起き上がれませんでした。

夫が枕元に、アイスクリームを持ってきてくれたんですが、

「窓の外、見ない方がいいかもしれない」

と言いました。そんなこと言われたら誰だって見るでしょう。馬鹿な人。

それで、後悔しました。

窓に青黒い植物のようなものが張りついていて、しかも泥まみれなんです。内側の汚れではなく、外からのものでした。その病院の窓からは隣の集合住宅が見えるはずなんですが、まったく見えません。その汚い植物と泥のついた窓を見ていると、気分がますます悪くなってしまって、私は吐きました。ベッドサイドの棚に、金属のたらいがあったので。

吐瀉物《としゃ》に、窓の汚れと同じものが入っていました。

夫が血相を変えて先生を呼びに行き、先生が来て、また検査をしましたが、

「あなたが異物を食べたとしか思えない」というようなことを言われました。胃の中に詰まっていたそうで——聞いたところによると、泥で汚れた海藻だと。感染の危険があるから抗生物質なんかも飲んで。信じられない。そんなわけないじゃないですか。私をそんなものを食べる異常な人間だと思うんですか、と先生を責めたかったけれど、責めたって仕方ないと思いなおしました。

何回目かの面会の日に、夫が、

「こんな状態の君に言うのは悪いけれど、なんだか、僕も体調が悪いんだ」

と言いました。顔が真っ青でした。私は、じゃあ休んでほしい、面会ももう退院のときまでいらない、そう言って帰ってもらいました。それで気づいたんですけど、先生も、看護師の方も、なんだか皆、同じ、青白い顔をしているんです。

「ここの窓、毎日汚れますね、すみません、業者の方にお願いはしているんですが」

そう言いながらカーテンを閉めて下さった若い看護師さんなんて、今にも倒れそうで、どちらが患者か分からないように思いました。そうですよ、窓は毎日毎日、誰が拭《ふ》いても、夜のうちに汚れました。

それで、段々、目に見えて、みんな調子を崩していきました。病院の人がです。

海藻がべたべた張りつく現象は、なくなりませんでした。

それでも、体調が良くなるまで安静に入院、そういう話になっていたんですけど、ある日、明け方に、どかどかという足音で起こされて、目を開けると、その瞬間に思い切り頬をひっぱたかれました。

「早く出てけよっ」

背の低い老人でした。男か女か分からないくらい、皺《しわ》だらけで。

「な、な、な」

「出ていけ！　ここから！　帰れ！」

「なんで、あなたに、そんなこと」

「分かるだろ、振りまくなよ！　振りまくな！」

もう一回、大きく手を振り上げられて、でも、そのあと、駆け込んできた看護師さんが止めてくれて。

老人は、取り押さえられてもずっと叫んでいました。

お前が赤い馬を見たせいで、と言うんです。

何のことかまったく分からなかったけれど、何か引っかかるものを感じて、連れて行こうとする看護師さんを引き留めて、老人から話を聞いたんです。

老人は、まだ興奮しているようでしたけど、私が本当に何も分からない、と言い続けると、怒りながらも話してくれました。

その人は、東京の離島の出身で、同じような目に遭ったことがある、と。

その島では、毎年冬の特定の日、決して夜に外出しないんだそうです。言い伝えがあって、恐ろしいものに行き合ってしまうから、絶対に駄目だって。今でも迷信として馬鹿にせず、守っている人が多いって。

必ずその夜には戸を三回叩《たた》かれるらしいんです。戸を叩く音がしたら、トベラという植物を持って、「その話は、次の年に」と言う。そうすると、何事もなく去って行く、と。それ以外の答えをしてしまうと、ものすごく怖い目に遭うそうなんですが……とにかく、それを聞いて、赤い馬ってなんですか、と尋ねたんです。そしたら、また大声で叫びだして。

なんでも、その、見てはいけないもの、戸を叩くものっていうのが、赤い馬なんだそうです。言い伝えの内容としては——ある若い娘が、歩いている最中、急に尿意を催して、やむを得ず道で用を足すと、赤い馬が走ってきて、お前を嫁に貰《もら》いたいと言ってきた。娘は思わず了承してしまったが、馬の嫁になるなんて嫌だったから、家に帰って両親に泣きついた。両親が島中の人間に相談すると、ある武者が名乗りを上げた。その夜、戸が三回叩かれ、「娘を貰いに来たぞ」と繰り返す。三回目で武者は娘に「いま参ります」と答えさせ、戸を開け、入って来た赤い馬の首を切り落とした。しかし馬は首だけになっても、「来年も来るぞ、その次も、そのまた次の年も来るぞ」と言った。それで、土地の人たちは、馬の首を奉った神社を建てた。それでも、武者が赤い馬の首を切り落とした日には、毎年赤い馬が戸を叩く。

昔々、言い伝えを馬鹿にして、その日の夜に外に出た若者三人は、そのうち二人が首無しの死体になって打ち捨てられていた。一人だけ免れた者は、咄嗟《とっさ》に物陰に身を隠していたんだけれど、そこから二人の首が千切り取られるのを見てしまった。もちろん、赤い馬の姿も。その一人は自分が見た赤い馬の絵を描いたあと、結局自分で自分の首を搔《か》き切って死んでしまった。

その絵は、今でも残っていて、同じように今でも残っている神社に納められている。そんな話をするんです。それで、その老人が言うには、老人がまだ三十代くらいのとき、島の中で急病人が出てしまったんだそうです、よりにもよって、言い伝えのその日の夜に。

島中で止めたけれど、病気になってしまった子供の父親が押し切って、医者を呼んだ。医者も、都会からへき地医療で派遣された人でそもそも迷信と思っていたから、父親の呼び出しに応《こた》えて子供を診療した。幸い、子供は良くなったそうなんですが。

その日から、島中の家々の窓に、海藻が張りつくようになった。海のすごく近くに家を建てている人なんてほとんどいないというのに、すべての家がそうなったそうです。

どこに行っても磯の強い臭いがして、島で採れる食べ物だけではなく、運ばれてくる食べ物からも磯の臭いがして、どんなに加工してもとても食べられたものではない味になってしまった。どんどんみんな、体調を崩していった。一番ひどかったのは、子供を診たお医者さんだったそうです。口もきけなくなってしまったんだとか。

それで、神社の神職の人が出て来たそうです。

その人は、もうどうすることもできない、と。理《ことわり》に反することをしてしまったから、諦《あきら》めるしかない、一年経てば、収まる、そんなふうに言った。それで、収まるとはどういうことかと聞くと、子供を取られて終わる、って。その子供――病から回復した子供は、お腹が膨れたんだそうです。女の子だったから、その……赤い馬の子を、妊娠したとか、そんな風に言われて。

一年続いた島の異常事態は、本当に一年で終わったそうです。

その女の子は、両親が一瞬目を離した隙にいなくなって、どんなに捜しても駄目で。でも、それで、終わったんだそうです。

だから老人は、窓に海藻が張りついてすぐに、そのときのことを思い出して、私のことを探ったんだそうです。私が、腹が膨れて、みたいなことも、どこで聞いたか知っていて。

「お前が赤い馬を見たからこうなっている。赤い馬を見たのだから、お前は馬の子を孕《はら》んだ。だから、赤い馬のところに行けばいい、早く行け」

今起こっていることは、すべて私のせいだと、そう責め立ててきました。病院のスタッフが集まってきて、結局老人は連れて行かれましたけど。

私、本当のところ、思い当たることがありました。

赤い馬——私、確かに見ました。でも、それは、老人が言ったように、行き合ったわけではなくて、祠《ほこら》の中です。島根県の神社、女性宮司が見せてきた祠の中に、人形がありました。すごく変な人形でした。男性が、両手を上げて、バンザイしているように見えるんですけど、足の関節が逆向きについているし、首から上に馬の顔がついていたんです。それも、馬の頭とかじゃなくて、馬の被《かぶ》り物? みたいな……所詮《しょせん》像なので、はっきりとは分からなかったんですが。銅でできたような色をしていましたが、もしかしてあれが、赤い馬、なのかと。

私はその日、退院したいと先生に言いました。

でもまだ、血液の数値は戻っていないし、腹も膨れているし、とそんな説明をされたんですけど、話している間に、バン、と大きい音がしました。音の方を見ると、窓に海藻が張りついていました。

悲鳴もあげられなくて、怖くて怖くて、おそるおそる、先生の方に向き直ると、先生は、笑い泣きみたいな表情をしていたんです。

「大丈夫ですよ、治るまでここにいて、いて、いて、いて、い、い、い、い、

い、い、い、い、い、い、い、い、い、い、い、い、い」

　壊れた機械のように口がぶるぶると同じ動きをしていました。先生の左目から一筋、涙が流れていて、私はもう耐えられなくなって、荷物を摑《つか》んで、病院を飛び出しました。

　自宅に帰りましたが、自宅も病院と同じでした。

　帰ったら、床に、夫が倒れていたんです。

「どうしたの！」

「どうしてい、い」

　駄目でした。夫も駄目になっていました。救急車を呼んで、それで、夫はきっと今も入院していると思います。

　ここに来るまで、こんなに時間がかかってしまった理由を分かってくれましたか。

　一晩自宅で過ごしましたが、寝室のドアを、ずっと叩かれて。老人に聞いた話みたいに言ったんですよ。

「その話は、次の年に」

　そしたら、ドアの外で、大爆笑が聞こえて。大勢の人が笑っていて。

　多分、もうそんなものは通じない、効かない、という、嘲笑《ちょうしょう》だったと思います。私は笑い声を聞きながら、動く胎と過ごしました。

見て下さい。これ今も、動いて

「イッ」

目の前の糸の口が奇妙な形に窄《すぼ》まった。

「イッイッイッ」

呼吸のように鳴き声のようなものを漏らしている。

「あの」

私は口を開いてすぐ、鼻を覆った。生命の危機を感じた、身体の反射だった。

「イッイッイッイッイッイッイッイッイッイッ」

臭い。手で必死に押さえていても、隙間から生臭い空気が流れ込んで来る。吐きそうだ。

「さ、さ、さ、さーら」

青山君の様子を確認する余裕はない。目が一点に吸い寄せられる。足が見える。

事務所の扉が開いている。そこに、足が見える。腐ったような緑色をしている。

「さーらーだーせ」

腐った水の臭いが鼻腔《びくう》に充満する。

ひたひたと、足が近付いてくる。上から押さえつけられたように頭が上がらない。

「さら、が、な、けりゃ」

糸から発されている声だ。甲高い声。彼女の小さな口からひどい臭いがするのだ――いや、分からない。足が近づいてくる。膝《ひざ》が見える。

「にんげ、ん、の」

左腕に力を入れる。入れている、ずっと。痙攣《けいれん》するばかりで、少しも動かない。

「人間の子、出せ」

指があった。指が、緑色の、黴《かび》のような指が、床を這《は》っていて、ずりずりと、髪が、額が、目が――

「痛い」

青山君の声だった。本当に痛がっているとも思えない、冷静な声。

それで、何かが解けたのだ。

後頭部を殴られたような感覚があって、私は床につんのめるような形で転がった。痛くはない。ただ、全身が痺《しび》れて、立ち上がることすら難しい。

「先輩、大丈夫ですか」

節のはっきりとした手が私の肩に触れる。私は彼にもたれかかるようにして、ソファーにふたたび戻ってくることができた。

「見、い、い、ましたよね、あれが、来い、い、い、い、ます」

唇をぶるぶると震わせながら、「来ます」と糸が繰り返した。

「あれが、来ます、何をしてい、い、い、い、い、い、ても、来ます」

私は背中を擦《さす》る青山君の掌《てのひら》から温度を分け与えられてもなお、言葉を発することができなかった。

糸はその後、彼女が「夫がこうなった」と言ったような状態になってしまった。床に倒れ、口を奇妙な形に歪《ゆが》めて、動かない。どうしようもないので、救急車を呼んだ。きっと搬送先の病院も、老人の島や、彼女が入院した病院と同じことになるのだ。でも、それ以外、考えつかなかった。

正体はすぐに分かった。それと同時に、私の手にはとても負えるようなものではないということも、分かっていた。

だから、私の頭の中には、物部斉清の顔しか思い浮かばなかった。

やめればよかった。


物部斉清に電話をかけると、竹末保が出た。

『あんたか。もう』

彼が話し始めるやいなや、電話の向こうで物部の、「代わってくれや」という声が聞こえた。ごそごそと衣擦《きぬず》れのような音がする。

『斉清さん、代わったら引き受けるがでしょう』

物部は「代わってくれや」と繰り返していた。

『ほうか。俺の心配は、無視ちゅうわけですね。俺が、どがいな気持ちであんたと話しちょるのか、あんたを見ちょるのか、ほんなんはあんたにとってはどうでもえいことちゅうわけですね、ほやったら、もう勝手にせえ、俺はもう』

鈍い音がして、声が聞こえなくなった。しばらくまた、衣擦れの音がしてから、

『るみちゃん』

物部の声はがさがさとしていて、老人のようだった。

「はい……あの、大丈夫でしょうか」

『えい。分かっちょる。るみちゃんは、分かっちょるよな』

「はい。赤い馬。外出禁止の夜。海藻。つまりあれは」

『分かっちょるならえい。口に出さん方がえいがやき。左足を一歩前に出す。右足を左足より一歩前に出す。左足を引きつけて右足とそろえる。右足を一歩前に出す。左足を右足より一歩前に出す。右足を引きつけて左足とそろえる。左足を一歩前に出す。右足を左足より一歩前に出す。左足を引きつけて右足とそろえる。やったか？　やっ

たら九回繰り返せ』

私は操られるように彼の言った通りに動いていた。これは禹歩《うほ》だ。古代の聖天子「禹」の歩き方を真似たもので、呪術《じゅじゅつ》の一つだ。魔除《まよ》けなどに使われる。物部斉清はすべて分かっている。教えられなくとも、学ばなくとも、一体どのように動けばよいのか分かっていた。

『俺はここから動けん。けんど、力を貸すことはできる。それは俺の手に負えるか負えんか分からんもんじゃ。るみちゃんは無理じゃろう』

私は反論しなかった。物部は私より圧倒的に力が強い。私どころか、人間の枠を逸脱している。その彼が敵《かな》うかどうかというものを、私程度がどうにかできるとは思えない。

『お相手の懐に潜り込んだら、俺に連絡してきたらえい。くれぐれも、失礼のないように』

電話はそれで切れてしまった。

くれぐれも失礼のないように。

その通りだ。

糸の悩まされている、そして、私のところまで来た怪異。物部が禹歩をさせたのは、それくらい穢《けが》れがまだ残っていたということなのかもしれない。

あれは海難法師《かいなんぼうし》だ。ほぼ間違いない。

一番分かりやすいのは、聞こえて来た声だ。

伊豆《いず》七島では、家から出ず、海の方を見てはいけない日が存在する。

その日は、皆戸口に籠《かご》を被《かぶ》せ、雨戸に香《ト》りの強い魔除け《ベラ》の葉を挿し、とにかく家の中で過ごす。どうしても外出しなくてはならないときは、その葉を頭につけるか、袋を被って視界を塞《ふさ》ぐ。

無事に乗り切ったら、籠や葉は火にくべる。

どうしてこのようなことをするのか。それは、海難法師が海から来て、目の合った人間を取り殺すからだ。

また伊豆大島《おおしま》の泉津《せんづ》地区では、門井《かどい》という旧家が海難法師の二十五人の霊を迎え入れる役目を持ち、その役を受け継いだ者はその日に、雨も波も避けることなく一人で浜辺に座り、霊たちの帰りを待ち続けるという。

また、三宅島《みやけじま》の伝承では、『皿出せ　土器《かわらけ》出せ　それがなきゃ人間の子出せ』と言いながら海難法師が海から上がり家々を回る。そのためその日の夜は玄関先に皿を置き、子供達を早く寝かしつける決まりになっている。

海難法師なる怪異の起源については諸説ある。謀殺された悪代官の祟《たた》り、海難事故にあった若い人足たちの祟り。その説の一つに、糸が老人から聞いたという、赤い馬の話に非常に似通ったものもあるのだ。ある娘が道端で用を足していたところ、野生の馬が「お前を嫁にしたい」と言い寄ってきた。娘は驚き、なんとか退けようとして、「あなた様の額に角が生えましたらお嫁に行きましょう」と無茶苦茶なことを言う。しかし、翌日、馬は立派な角を生やして娘の家にやってきてしまう。家の者は恐れ戦《おのの》き、娘に白い布をつけて馬に乗せた。すると馬は豹変《ひょうへん》し、角で一突き、娘を殺してしまう。怒った家の者は馬の首を斬り落とし、その後神社に祀《まつ》った。この馬の首がその日の夜、村中を飛び回り、行き合った人を祟るようになった。その首を、カンナンボーシと呼ぶらしい。民間伝承における馬に乗った女とは、巫女《みこ》を指すことが多い。そして、馬とは古来、水の神が関与していることを示す場合が多い。だからこれは、なんらかの一般人は見てはいけない神事が、水のある場所、つまり海で行われていたと考える人もいる。

とにかく、海難法師に類した伝説は全国に在り、このとおりそれぞれ差異はある。中には、退けたという伝承もある。

けれど、海難法師を倒しきった、消滅させたというものは、寡聞にして知らない。また、見せる、ということに特化している怪異はいるにしても、そういう怪異は視覚や目を媒体にしてしか人間の意識に侵入できないからであって、そうでもない限り見ただけで祟るものは少ない。見るだけで祟るものは、怪異ではなく神の領域にいる。

海難法師への対処法は唯一「見ない」ということなのだ。つまり、海難法師とは、神と同じくらいの力を持ってしまった、人間の力では到底敵わないどうしようもないものなのだ。祓《はら》うことができるなど、大変な思い上がりということになるだろう。

「先輩、どうしますか、田町さんの件は」

青山君に尋ねられても、私は明確なことは答えなかった。

「そうですね。なんとかやってみることにします」

「そうですか。やっぱり、先輩なら大丈夫でしたね。それで、どこに行きますか？僕も休みを取って」

「ついて来ないでください」

沈黙が訪れる。おそるおそる、でも、それを気取られないように、青山君の顔を見る。傷つけたくない。でも、傷ついていてほしい。そうでなければ、意味がない。

優しい彼は、「危ないからついてくるな」と言っても、雑用くらいならできると言って、きっとついてきてしまう。現場まではついてこないにしても、だ。私の手助けをするということは、関わってしまうということになるのだ、恐らく。

私は話を聞いただけで、禹歩が必要なくらい祟られた。青山君も話を一緒に聞いたからもしかして、と思ったが、今のところ彼には何も起きていない。同様に祟られていたとしたら、物部が彼を放っておくわけがないことからも、明らかだ。

私は糸に憑《つ》いたものがなんであるか理解してしまった。対処をしようと考えてしまった。おそらく、それが良くなかったのだ。触らぬ神に祟りなしというだろう。世の中には関わってはいけないものがある。関わった時点でお終《しま》い、そういうものが沢山ある。

私は言葉を重ねる。

「何もできないのですから、足手まといです」

青山君は口を真一文字に結んでいた。悲しみでも怒りでもない。無表情で「そうですか」と言った。

「最初に依頼を持ってきたのは僕ですから、ついていく義務があるかと思ったのですが……仕方ありませんね。実際、僕にできることはないと思います」

そして、いつもの困ったような笑みを浮かべる。

申し訳なさが込み上げてくる。しかし、きちんとした理由を説明する時間も、技術も、そのときの私にはなかった。

「しばらく来なくて大丈夫です。私は高知県にいます。もし依頼が来ても、しばらくはお受けできません」

「分かりました。メールの対応は、僕の方でしますね」

そう言って私は彼と別れた。それで、その足で物部の元へ向かった。

新幹線に乗る直前に電話があって、物部からだった。

『るみちゃん、悪いけんど、その電車はキャンセルして、羽田《はねだ》に向かってくれん』

「はい？　でも……」

『羽田の第一ターミナル、南ウイングのカウンターで物部です、言うたらえい』

それだけ言って、彼は一方的に電話を切った。私はその一方的な態度に少しムッとはしたが、すぐに思い直した。私は、一人で行かなくて良くなったのだ。タクシーで羽田に向かい、彼の言った通りカウンターで、物部です、と言った。

私はそこから走らされて、搭乗時刻のとっくに過ぎた「出雲《いずも》行」の国内線に乗り、およそ一時間半で出雲空港に到着した。私は飛行機の中で、今回何をすればいいのか考えようとしたが、考えがあちこちに散らばって、何もまとまらなかった。私は諦《あきら》めて、目を瞑《つぶ》った。この仕事が終わったら、お詫《わ》びも兼ねて青山君と焼き肉屋に行こうと、そんなことを浅はかにも考えた。

出雲空港はかなり小さな空港であり、荷物を受け取って少しだけ歩くとすぐ出入り口が見える。

人だかりはできていないものの、無言で視線を向けている人が多かった。だからどこにいるかすぐに分かった。

物部斉清が車椅子に乗っている。ただそれだけなのに、あまりにも神々しかった。

私が今までに見た彼と比べても、恐ろしいほどだった。その時、どれほど深刻なことか気づくべきだったのに、私はただ、他の観光客と一緒に、彼をぼうっと見つめた。

私を見つけるとすぐに彼は、

「時間がない、早く」

と言って、信じられないような動きで方向転換した。私は慌てて、小走りでついていく。

既に保が待機していて、私たちはワゴン車に乗り込んだ。

保は何も言わないが、ずっと不機嫌そうに前方を睨《にら》んでいた。いつもは彼と楽しそうに談笑する物部も同じように眉間《みけん》に皺《しわ》をよせ、押し黙っている。重苦しい沈黙は肌が痛いほどだった。

「あの、これから」

「ほうじゃ。行く」

物部はきっぱりと言った。

「でも、準備、とか」

「準備を待ってくれるもんではない。るみちゃん、君を責める気はないわ。でも、えらく色んな人にばら撒《ま》きましたね。放っておいたら、どんどんばら撒かれますわ」

何を意味しているかは分かった。

糸が相談した霊能者の一人は、話さえも聞かず、「お話しすることで縁が結ばれでもしたらかなわないですから」と言ったらしい。糸を怒鳴りつけた離島出身の老人も、「振りまくな」と。まさに、同じことを言っているのだ。私は糸から話を聞いた。それできっと、私とこの怪異は縁を結んだ。それだけならばら撒いたとまではいかないだろうが、私は倒れた糸に救急車を呼び、別の病院に入院させた。それはきっと、ばら撒いた、ということになる。

「その通りじゃ」

物部は心の中を読んで言った。

「保君は俺が引き受けたら大変じゃからって気ぃ遣ってくれたがじゃけんどな、正直もう、ほういう次元を超えちょるんよ。放っておいたら色んな病気の人が犠牲に」

「俺は数百人の都民よりも斉清さんが大切です」

保は強い口調で言った。何か言い返そうとする物部を制するように大声で、

「当たり前でしょう。数百人程度なら斉清さんが今後生きてって命救うでしょう。チャラどころかお釣りがくる。カンタンな算数の問題じゃ」

「黙れ」

聞いたこともないほど冷たい声だった。

保は唇を強く嚙《か》みしめるだけで何も言い返さない。

車はまっすぐに海沿いを進んだ。

「ここでえいが」

物部は特に何もメルクマールのない、田園風景の広がる場所で突然車を停めるよう指示した。

一分一秒も惜しいというような動きで車から飛び出し、私はそれについて行くしかない。坂を下る車椅子は弾丸のように速く、私は手足を沢山振ってなんとか食らいつく。

「着いたら、るみちゃんは額を地面につけて、終わるまで頭を上げんでほしい」

頷《うなず》くと、少し微笑む。

「なんとかやってみるき。るみちゃんは、ただ、心の中で、お鎮まり下さいとか、なんでもえい、ほういう感じのことをお祈りしとってください」

彼の顔は張り詰めていて、確実に神性を湛《たた》えていた。それでも、どこか無理をしているように感じて、足は走り続けているけれど、今すぐに止まって、引き返したかった。

車道から続く、車は通れない道路に入り、十分もしないうちにそれは現れた。

これがそうなのかなど、聞く必要もないほど雄弁に、立ちこめる磯臭さがここであると説明していた。

糸は小さな社殿だと言っていた。木製で、まったく目立たないものだと。

今は違う。醜悪な、何の生き物かも分からないバケモノのような飾りが、青だの黄色だの下品に彩色され、突き出している。和洋、季節、そんなマッチングをすべて無視した色とりどりの花が乱雑に置かれていて、それら下品な装飾の中心にある金色の祠《ほこら》もまた、下品に口を開けている。

「こんごうどうじたきたるひはふげんもんじゅくべたるすみわからもんじゅもえゆくけむりがさんざらりゅうくべたるかねわなまかねだいみょうじん」

気がつくと私は、地面に這《は》いつくばっていた。口に、青臭いものが入っている。喉《のど》が痛い。それでも、磯臭さは消えている。視線だけ動かす。端に、車椅子が横倒しになっているのが見えた。

「ぢしきをうちかえすもわれぞこんにちかないこのていひみつのりけんのさきにかけきもんのほうへはらいたまえ」

ざっざっと音がする。物部の足——正確に言えば、義足が見える。それが地面を何度も行ったり来たりする。

「おんきりけんばいやそばか」

何も起こらない。起こっていないはずなのだ。ただ、鳥肌が止まらない。体の内から何か、せり上がってくるようなものを感じて、胃が圧迫される。

汚濁した音と共に、私は何かを吐き出した。胃液ではない。濁っていて、ものすごく磯臭い。それが、何度も押し寄せて、吐き続ける。

顔を上げてはいけないと言われた。吐瀉物《としゃ》にまみれた顔を、必死に地面から離さないようにする。物部の声が聞こえない。

ぎい、という金属音が聞こえた。それから、ひたひたと、足音が。おかしい。こんな足音は、まるでここに、水場があるかのような。

「死んでいるか？」

言葉が降ってくる、と感じた。遥《はる》か高みから、投げかけられている。耳も頭も、すべてが痛い。磯の臭いで何も分からない。すべてが、何かに支配されているようだった。

「死んでいるか？」

お鎮まり下さい、と願う。どうかお鎮まり下さい。お鎮まり下さい。お願いいたします。

深い溜息《ためいき》が聞こえた。

そして、二言、三言、何か恐ろしい言葉をささやかれる。体が芯《しん》から冷えるほど恐ろしい。でも内容が分からない。ただ、ひたすら、何事かぶつぶつと言われる。それで気がつく。

私は今、海沿いにいる。地面はざらざらとした砂で、湿っている。潮の臭いがする。足が見える。緑色で、ところどころにフジツボのような斑点《はんてん》がある。

顔を上げてはいけない。言われたからではない。生命が脅かされる、生存本能で、決して顔を上げてはいけないと分かる。それでも、無理やり顔を上げさせられる。

「死んでいる」

ふっと首にかかっていた力がなくなる。

そして、緑色の足も、消えている。

私は何か言おうとした、今どうなっているのかとか、そういう、まったく意味のないことを言おうとした。しかし、口が突っ張って、あの時の糸のように、い、い、い、と妙な声が漏れる。

「ちちょうるいてんちょうるいきじんちょうるいめんづらおづらまづらしょうろうはろうけはろうけはんにそばか」

物部の声が聞こえる。波のざあざあという音がする。雨が降ってくる。

「あくまのものせんりうつばんりとうつきゅうまんきゅうせんりほんのすみかへうってはなすぞしいろきたまえ」

ごうごうと耳鳴りがする。耳鳴りではないかもしれない。波の音かもしれない、渦の音かもしれない。辺りは暗い。何も見えない。

「しいろきたまえしいろきたまえさらさんもくてんにそば」

最後の「か」が、引き攣《つ》った音を残して霧消する。苦しそうな声がする。首を絞められているのかもしれない、呼吸が無理やり止められている音がする。それでも私は頭を上げてはいけない。お鎮まり下さい。

ひたひたひた。また、足が見える。

湿った、穢《けが》れた手が、私の頭を掴《つか》む。目を瞑《つぶ》る。瞼《まぶた》を固く閉じる。瞼の上に指が置かれる。引き千切られそうになる。お鎮まり下さい。瞼を固く閉じる。引っ張られる。お鎮まり下さい。お鎮まり下さい。

「命を捧《ささ》げる」

静かな声だった。

波の音が止まる。渦の音が止まる。

「命を預かる」

奇妙な声が応《こた》えた。男でも女でもなく、ただ悍《おぞ》ましい響きを以《もっ》て応えた。それで、私は、何を意味しているのか分かった。

「駄目です」

顔を上げる。

もうここは海沿いではない。

草の匂いがする。

社殿が——話に聞いたとおりの、地味な木製の社殿が目の前にあって、車椅子がめちゃくちゃに破壊されて転がっていて、そして、

「駄目です！」

物部が笑顔で、座っていた。義手も義足もない姿だった。神々しかった。

「顔を上げるなち言うたがじゃろ」

聞き分けのない子供を諭すような声色で彼は言う。

「もう大丈夫じゃ。これで終わり」

物部の目に、昼でも夜でも様々な色に輝いていた美しい瞳《ひとみ》に、影がかかっている。どんどん濃くなって、黒くなっていく。

何が起こったか分かった。彼が今、犠牲になろうとしていることが分かった。彼の顔は苦痛に歪《ゆが》んでいて、もはや神聖ではなく、それはごく普通の人間にしか見えない。

「ああ、痛い。痛い痛い痛い痛い。痛いなあ。痛い。ほいでも俺はきっと、こん時んために、死にぞこなったがじゃろなあ」

「駄目です！」

私は怒鳴った。今までこんな大きな声を出したことがない。どこまでも静かだ。晴れていて、遠くから鳥の声が聞こえる。声がことさら大きく響く。

「駄目、ダメダメダメダメ、そんなの絶対に駄目だ！　あなたはもっと、もっともっと沢山の」

「もう終わりにしたい言うたがじゃろ」

彼の声は静かだった。静かで、はっきりと、頭の中に流れ込んできた。

もう終わりにしたい。

彼と一緒に仕事をしているとき、彼の思考が流れ込んでくることがあった。

もう終わりにしたい。

意図的なのか、漏れたものを私が拾ってしまったのか分からなかった。そもそも、目には見えないから、彼のものなのかどうかも。しかしあれは、彼の本心だったのだ。

でも、こんな終わり方は。

「これで終わりです」

物部斉清は薄《うす》っすらと微笑みを浮かべている。

「終わりじゃない、そんな、ダメダメダメ、やめてやめてやめて」

「俺の残り、るみちゃんにやるわ」

肩を押された、と感じた。物部は私の正面にいるのに、それはおかしい。でも確かに押されたのだ。手を伸ばす。今まさに、消えかかっている彼を摑み取ろうとする。

右手を横に払う。押し入れを出す、何の意味もない。これは何の意味もない。

彼はもう何も言わず、私は何も摑むことができず、そこで記憶は終わっている。

「ほうかあ」

しばらく沈黙したのち、溜息のような声で清江が言った。

私は何も言えなかった。顔も見ることができない。

「ありがとうございます、ね、話してくれて」

彼女は淡々とした声で言う。いや、声に怒りがないだけで、本当は堪《こら》えているのかもしれない。子供を持たない私でも、子供を失った母親の気持ちは想像ができる。況《ま》してや、彼なのだ。亡くなったのは、あの、物部斉清だ。

「お呼び立てして、ごめんなさいね」

少しだけ清江の方に顔を向ける。目を合わせることはできないから、盗み見るように。

「上がらんかったんも当然じゃねえ。納得がいったねえ、お父さん」

「上がらんのは当たり前じゃろが」

「うーん……」

正清は清江に対して厳しい口調で言う。

「お前の気持ちも分かる。でもな、あいつは器やなかったがじゃろ。そのものじゃったき、もう捜しても無駄じゃ」

たまらず、彼らの顔を見た。何の話をしているのか分からなかったからだ。

清江と目が合う。私が目を逸《そ》らす前に、

「ごめんなさいねえ、何を話しているか分からんよねえ」

そして、ゆっくりと話してくれた。

物部では、拝み屋が死ぬと、神になる。本当はもっと手順と経過があるのだが、ざっくりとした解釈であれば、そうなる。塚起こしという、死者を呼び出す儀式をして、それから神にする。神になることを上がる、と表現する。

物部斉清は塚起こしにも応えず、従って上がらなかった。物部の人間は皆、どうしたものかと話し合い、とりあえず私が目覚め、回復するのを待っていたのだと言う。

「斉清は、まあ、あなたも分かっちょると思うけんど、特別じゃったからねえ。あんまり、私が言うのもね、なんじゃけんど」

「神様」

私が呟《つぶや》くと、彼女は頷《うなず》いた。

「ほうよ。ほうなのよ。神様じゃったからねえ、生まれてからずっと。私も、分かってたはずなんじゃけんどねえ、でも、母親じゃきね、本当に、アホなんじゃけんどねえ。勝手に、死んだら、斉清は解放されて、他のご先祖さんと一緒に……でも、元から、違うんよねえ。私たちと、斉清は違うち、分かっちょるんじゃけんどねえ、私は、ほとんどなんにも分からんからね、その……」

「もうえいがじゃろ」

正清が清江を制する。

「もう喋《しゃべ》らんでえいがやないろう。すみませんね、こちらは、納得しました、ち話です。わざわざ寄っていただき、申し訳ありませんでした」

正清は深々と頭を下げた。目の周りが赤い清江もそれに倣う。そうして、私は一生謝る機会も、許される機会も失い、放り出されてしまった。当然の報い――どころか、優しすぎる。私は、何も罰を受けていない。

私は彼らに背を向け、保の後ろについて、また山道に戻る。

清江の言葉を繰り返し繰り返し反芻《はんすう》する。

母親じゃきね。

物部斉清は文字通り神だった。死んでそれがはっきりと証明された。彼は霊となって神に並んだのではなく、元から神だったゆえ、元から彼という個はなかった。

確かに霊の見える私にも、霊となった彼のことは見えないので、もしかしたらそうなのかもしれないが、ここにいないだけかもしれないし、本当にそうなのかは分からない。しかし、彼らの理屈ではそうなっている。彼の母である清江は、彼曰《いわ》く、「一生懸命勉強して修行した人」で「誰よりも知識は持っている人」だそうだ。信仰というのは、衣服のように容易に着脱できるものではない。けれど、それでも、清江は彼のことを息子であり、人として扱いたいと思っているのだ。

母親じゃきね。

そこに、答えがあるような気がした。

大学時代の恩師が、物部斉清を見て、「彼はイエス・キリストだね。神が人に齎《もたら》した我が子、人の救い」と言ったことがある。

物部斉清がイエスならば、清江は聖母マリアなのかもしれない。私は、マリアの気持ちを考える。すぐにピエタ像を思い出す。処刑され、十字架から降ろされたイエスの遺体を抱くマリア。彼女はイエスの死を『イエス・キリストの死』と捉《とら》えられていただろうか。息子の死とは、思わなかっただろうか。

東方極楽浄土の曲がりが七曲り、南方弥陀《みだ》浄土の曲がりが七曲り、西方九品《くほん》の浄土の曲がりが七曲り、北方弥勒《みろく》のスイショの曲がりが七曲り、八幡《はちまん》地獄の曲がりも七曲り、三尺四面の曲がりが七曲り
ニカニカうれしゅ、おん御酒《みき》召すろ、イヤリャードント、サーバラサーバラ
大の氏子の子悪事災難来り候とも払いのけて守らせ給《たま》え

後方から、男とも女ともつかない混声が聞こえる。

「これ、きらい」

正清、清江と話していたとき、ぐっすりと眠っていた隆清が起きて、むにゃむにゃとぐずりながら言う。

「みんな、お父さんのことが大好きなんですよ」

保が優しい声でそう言っても、

「いや。きらい」

隆清はそう言って、不機嫌そうに顔を顰《しか》めている。

「なあ、似てないじゃろ」

「そうでしょうか。物部さんも、あまり伝統とか、そういうものは好きではなかったような――いや、必要がなかっただけなんでしょうか」

保の反応を窺《うかが》いながら話す。普段は誰を怒らせても、何とも思わなかった。今は違う。

保はぼんやりとした声で、

「ああ、俺には、分からんなあ」

山から聞こえる、祭文の言葉を聞きながら保が呟く。私にだって分からない。

来た道を戻り、ふたたび車のある場所に着く。

「保くん、ねむい」

 隆清が途端にぐずりだした。先程から不機嫌なのは、山から聞こえてくる祭文のせいではなく、単に眠くなってしまったからなのだろう。

保は「分かりました」と言って、スライド式のドアを開け、隆清をチャイルドシートに乗せる。既に隆清は寝てしまっているようで、可愛い顔をかくりと落としていた。

保はそっとドアを閉めると、

「ちょっと一服してもえい？」

「はい、構いません……私も」

私はポケットから箱を取り出し、タバコを口に咥《くわ》え、息を軽く吸って着火する。ライターいりますか、と保に尋ねようとして、彼が銀色の筒を咥えているのを見る。ミントのような香りがする。電子タバコ、というやつだ。

保は車にもたれかかり、大きく息を吐いた。

「俺さ、斉清さんのお世話しはじめたんは、高校卒業してからなんじゃけど」

「そうなんですか？　彼からは、ずっと同級生だと聞いていましたから、もっとずっと、幼い頃からかと」

「いんや。もしかしたらあんたとの方が長いまである。俺がお世話し始めた時にはもう、手ぇも足も無《の》うなってた。ほんで、最初の頃は、嫌じゃった。山に来るんが憂鬱《ゆううつ》で、伝統でもなんでも、こんな場所も、物部さんたちのことも、気味が悪いち思うちょった」

保は歪《いびつ》な笑顔を私に向けた。

「今、あんたと正清さんたちが話してる間、久々に、嫌じゃな、ち思った。多分、斉清さんがおったとき、俺は大丈夫じゃったただけなんじゃろなあ」

彼にまで――

そう思う。私はほんとうの一人になってしまう。そう思うと、口が言葉を吐き出すのを止められない。

「なんで、私を責めないんですか」

言ってはいけない。そんなことを言っても意味がない。分かっているのに舌が止まらない。

「お母様と、おじい様は、まだ分かります、そういう仕事の方で。でも、あなたは……どうして私を責めないんですか。あなただって言っていました。カンタンな算数の問題だって。その通りですよ。誰だって思うでしょう、誰でも、私より、も」

こんなこと、言いたくはない。こんなしょうもない、言っても仕方がない、漫画のセリフのようなわざとらしい、

「物部斉清の方が、価値のある命だって」

「アホすぎる」

私の言葉に被《かぶ》せるように保は言う。

「斉清さんがやったことに文句つけんなや」

私はしばし呆然《ぼうぜん》と竹末保の顔を眺めた。彼がどんな顔をしてこんなことを言っているのか知りたかった。それで分かったのは、彼が本心からそう言っているということだった。

何の澱《よど》みもなく、彼は続けた。

「俺が最後に文句を言うたのは、あれは我儘《わがまま》よ。『仕事と私どっちが大事なの？』みたいな、可愛い、意味のない我儘じゃ。斉清さんじゃって分かってたよ。斉清さんが自分の代わりにお前を生かした、っちゅうことなら、お前が生き続けることに意味があるんじゃろね。他のよう知らん奴とか、お前本人が『斉清さんの代わりに死ねばよかった』みたいなこと言うても、俺はそうは思わん。何が正しいか他の誰より斉清さんは分かっちょる。お前も二度とぐじぐじ言うなや」

竹末保は一気に言ってから、大きな溜息《ためいき》を吐いた。

「はああ。ほいでも、これからどがいなるんじゃろなあ。俺は何の力もないき、どうすることもできんのよなあ」

「羨《うらや》ましいなあ」

下らない言葉は、彼の言葉をまったく無視して喉《のど》から漏れた。

「羨ましいなあ、どうしたら、そんなふうに思えるんだろう。きっと」

無理に口を覆っても、言葉を止めることができない。

「まともな家庭で、親に愛されて、育ったんだろうなあ」

落ち着くためにと火を点《つ》けたタバコは、まったく吸うことなく地面に落下した。涙がその上にぼたぼたと落ちる。

「まあ、ほうじゃね、親に愛されて育ったわ。お前見てると、それがありがたいことじゃって分かる」

声に一つも動揺をにじませず、冷たい声で彼は言う。

「どういうつもりなん？　こがいなときにも自分の話か。たいがいにせえよ。俺、四十近くになっていつまでも親の話するような人間にならんで良かったし、これからもなりたくない」

視界がぐにゃりと歪《ゆが》む。私の右手は自然に、払いのけるような動作をする。

押し入れを開ける。

私が幼い頃、閉じ込められていた押し入れ。汚く、埃《ほこり》まみれで、一筋の光も射さない。

私の世界だった押し入れ。最低の宮殿。

それを開き、中に招き入れる。押し入れの中では私が一番強い。私は押し入れの女王だ。

邪《よこしま》で、悪いものを。

私のことを、排除しようとする敵を。

目の前の男を押し入れの中に入れる。

そうすればいい、当然の報いだ。

私を傷つけて、馬鹿にして、愛されているくせに調子に乗って、だから。

——まだ
微《かす》かな声が聞こえた。

その声を聞こうとする。でも、耳がどこにあるか分からない。

耳だけではなく、目も口も鼻も手足も胴体も、何がどこにあるのか分からない。

見る、聞く、感じる、それらすべてが強固に制限されている。

息苦しい。重い。

何か言おうとする。叫ぼうとする。

どこにも何もない。目の前の憎い男も。

意識が吸い込まれていく。

抗《あらが》うことができない。

2019.10.08

本日の依頼者：なし

片山敏彦《かたやまとしひこ》が訪問してくる。

またストーカー女（あるいは男）でも呼び寄せたかと思ったら、まったく違った。

〈あのさあ、佐々木さん、結婚に興味ない？〉

信じられなかった。なんでそんなことを言うのか分からない。

〈父が割と由緒正しき創業者一族の人間なんだけどね。俺の家族、親戚《しんせき》と付き合いがなかったし、亡くなったときもお兄さんという人が香典を置いて帰って行っただけだから、俺も母もまったく知らなかったんだよそんなこと。話を聞いたら、跡目争い？　的なことになるのが嫌で兄弟と全然違う道に進んでほぼ絶縁状態になったみたい。それで、本当に意味分かんないんだけど、俺にお鉢が回って来たんだよ。その、跡目の……正統な候補者が立て続けに死んだみたいで。こわ。絶対呪われてる。俺としては呪いの方に興味があったし、本来佐々木さんに依頼するのはこういう方面の解決だっ

て分かってる。でも、今はそんな場合じゃないんだよ！〉

あの片山敏彦が狼狽《うろた》えている様子はだいぶ面白かった。

〈いやだいやだ！　絶対向こうが持ち込んできた女となんか結婚したくないよ！　会社継ぐのも絶対無理！　人生を好きなようにされる！　怖い！　お願いだよ、マジで一生のお願い！　結婚して！　俺と！〉

さすがに笑いが堪《こら》え切れず、涙が出るほど大笑いしたあと、検討しますと言ってとりあえず帰らせた。

青山君は敏彦の欄が記入済の婚姻届を見て、

「さすがに受けませんよね？　というか、呪いを解決しなければ、結婚したところで意味がないのでは」

と言った。

私は、そうですねと言った。

面白い一日だった。

第二章　本体論的証明

鼻にかかったような、甘い声が聞こえる。さっぱりとしていて、爽《さわ》やかな空気が入ってくる。

「るみちゃん」

薄目を開ける。白いふわふわのカーペットが朝日色に染まっている。

布団の中は暖かく、心地よい。それで起きたくないというのもある。でも、起きたくないのは、この人に構われたいからかもしれない。こんな歳になってまで、ずっと。

「るーみーちゃん、起きて！」

彼女のふっくらとした指が、私の肩を揺する。私はわざとらしく「ううん」と言って、のろのろと上体を起こす。今、目覚めたとでもいうふうに。

養母の百合子は、そんな私の演技を見て、「しょうがないわねえ、寝起きが悪くて」と微笑む。

馬鹿らしく、わざとらしい、幸福なやりとり。私はこれを捨てることができない。

この人がいなくなってしまったらどうなるのだろう。小さい頃はずっとそう思っていた。不安で不安で眠れなかった。百合子の夫である健一《けんいち》さんが、私がまだ中学生の時亡くなってしまって、その不安は年々強くなった。死んだ人間は生き返らない。ということは、私の本物の母は、二度と蘇《よみがえ》らない。私はどんなに年を重ねても、産みの母に愛されず、馬鹿らしくも無償の愛を求め続けている人間だから、もしそんなことになっては正気ではいられない。

私はずっと、母の代替品を探している。

優しい人間であることが重要だ。単に優しいだけではいけない。単に優しいだけの人間は、その実他者との軋轢《あつれき》から逃げているだけだったり、あるいは善人とアピールしたいだけの計算高い人間だったりする。他人ならそれでいいが、母だ。

何があっても折れることのない強靱《きょうじん》な善性と、条件付きでない愛情。その二つを持つ人間を、私は百合子が死んだあと、母として考えようと思っていた。彼は、

「ほら、お洋服決めないと。昨日のうちに決めておきたかったのに、あなた、疲れたとか言ってそのまま寝ちゃうんだもの」

百合子の少し責めるような声で思考が中断される。何を考えているのだろう。まだ寝ぼけているせいか、いま必要のないことばかり。

百合子はてきぱきとした動作で散乱した服を片付け、私を洗面所に行くよう促した。

歯を磨き、顔を洗うと、横からタオルを渡してきて、それで顔を拭《ふ》くと、「しっかり保湿ね、アイクリームも」と言いながら、私の顔に色々と塗ってくる。

私は赤ん坊のように手を引かれ、クローゼットの前に立たされた。百合子は洋服が好きで、だからこの家には広さに見合わず大きな鏡のついたクローゼットがある。

「さ、選びましょう。時間はあまりないけど」

「服なんてどうでも」

「どうでもよくないわよ！」

百合子はその場でくるりと一回転する。ギンガムチェックのワンピースがふわりと広がった。引き取られてすぐは、この少女趣味には面食らったものだが、今では慣れた、というか、結構いいとすら思う。

百合子はお世辞にも美女とは言えないが、だからこそ、こういった過度に少女趣味の洋服を着ても違和感がない。百合子と同世代の五十、六十の人間が同じ服を着たら、ほとんどの場合異常な人間だと思われるだろうが、百合子が着るとなんだかキャラクターみたいなのだ。

「そりゃあ、着たいものを着るのが一番よ。洋服がどうでもいいって人がいるのも分かる。でも、ステキな洋服を着ていると、ステキな振る舞いをしなきゃいけない、そんな気分になるのよ」

「なるほど……まあ、一理あるかもしれませんね」

「百理あるわよ」

百合子は歌うように言って、服を何点か引き出して、私の体の前に合わせ、これがいい、これは良くないなどと色々言って、「いい」候補を何点か取り分けていく。このクローゼットも、百合子の趣味に合わせて、ピンク色でロココ調だ。本当は少女趣味の洋服で埋め尽くしたいだろうに、私のための、色味が落ち着いた服もたくさん用意してくれている。

「るみちゃんが私みたいな服はあんまり好きじゃないっていうのは分かってる。だから、なるべくシンプルで可愛いもの。どう？　この中で気に入ったのは？」

どう、と聞かれても何も答えられない。気に入ったものも、正直言ってない。私はいつも上下灰色の服を着ている。暑ければ半袖《はんそで》、寒ければ長袖を着てコートを羽織る。ドブネズミのような汚い顔の私にはそれが一番良いと思っている。ブスは必要最低限の目立たないファッションをするのが一番だ。そんなことを言ったら百合子が悲しむので言えない。しかし、言わなくても、彼女は心の中が読めてしまうのだ。所謂《いわゆる》『サトリ』というやつで、人の心が読める。読めると言っても能動的に読めるわけではなく、近くに人がいると問答無用で思考が流れ込んで来るそうだから、とても苦労をしたと思う。特殊能力による生きづらさという点でも彼女は私の理解者だ。その理解者は、眉《まゆ》をハの字にして、口を真一文字に結んでいる。

「あなたは、可愛いわよ」

絞り出すようにそんなことを言う。

「そりゃ、あなたにとっては、ね」

私はそう答える。百合子は悲しそうな表情をして、何も言わなかった。申し訳ない気持ちになる。しかし、本心だ。だが本心であったとしても、こんなに一生懸命私を良く見せようとしてくれている人の前で、いつまでも消極的でいては失礼かもしれない。

私も頭から卑屈な発想を追い出して、百合子の用意した服を選ぶ。彼女と私の体形はほぼ一緒だからサイズに関しては問題ないだろう。カジュアルかつ、穏やかに見えるものがいい。一瞬だけ悩んでから、私は「これを着ます」と言った。

タイダイ柄のシャツに白いロングスカート、それに黒のデニムジャケット。

「やっぱりね。るみちゃんならこれを選ぶと思ってたから、これ。このタイダイ柄にオレンジが入っているから、これと合わせるといいと思う！」

百合子は丸顔を分かりやすく綻《ほころ》ばせて、黒い箱から白いスニーカーを取り出した。一度も履いていない、新品らしい。

白いスニーカーには、オレンジのラインが二本入っている。彼女は熱っぽく、これはとても可愛い組み合わせで、とても似合うと思うと何度も言った。

う。

「すっごく可愛いわよ」

「……ありがとう」

百合子は仕上げだと言って、私のボサボサの髪を丁寧に櫛《くし》でとかし、毛先をアイロンで緩く巻いた。同世代の女性はこれらを全部自分でやるのかと思うと、驚いてしまう。そして、一つも自分一人ではできないことを、ものすごく恥ずかしいことだと思う。

「ごめんなさい、手間をかけてしまって」

「何言ってるの、私が楽しいのよ」

ありがとう、と言って私は家を出る。百合子は私が角を曲がるまで、ずっと手を振っていた。

私の足は自然と、ある場所に向かっていた。銀座《ぎんざ》一丁目《いっちょうめ》駅で降りて、マンション群を見ながら進み、裏通りに入ると、近代的でひっそりとした戸建てが見える。私は無機質な印象のインターホンを押す。

「はい」

「敏彦さん」

私の口は自然に彼の下の名前を呼んだ。脳が不自然だと認識しなかった。私は何十回も、何百回も、この名前を呼んでいるのだ。それは、どうしてかというと。

白く塗装された鉄製の扉が開く。

彼を見ると、老若男女問わず、溜息《ためいき》を漏らす。目を奪われ、その場にしばし立ち尽くしてしまう。彼の美貌《びぼう》は、自然災害に最も近く、抗《あらが》おうと思って抗えるものではない。目には見えないはずの、吐く息さえも美しい、そんな気にさせられる。何度会っても、彼の本性を知っても、まったく変わらず、殴られたように衝撃を受ける。『絶世』とか『傾国』と呼ばれた人々は、彼のような容姿をしていたのだろう。そんな彼は柔らかく笑って言う。

「ごめんね、誘ったのは俺なのに、呼びつけて」

彼の左腕が伸びて来て、指が耳の上を通って、髪を掻《か》き分ける。

「そういう服、新鮮だね。似合ってる、可愛いよ」

太陽を見ることはあっても見られることはないはずだ。頬が焼かれたように熱くなる。

「さ、入って入って」

つるつるとした質感の指は私の肩に辿《たど》り着き、優しく前に引く。

「青山君……」

私は脳を焼かれたまま言葉に従い、ふらふらとした足取りで玄関に足を踏み入れた。

「ん？　彼がどうかした？」

私がどうして、青山君、と呼んだのか、それは、入った瞬間にバターの香りがしたからだ。

「いえ、何も……」


青山君というのは、私の仕事上のパートナーだ。

私は昔から、人ならざるものが見える。そういう力を使って、人ならざるものが関与した事件を解決する事務所を開いている。

大学では民俗学を学んでいたが、決して専門的な知識が他人よりあるなどとは思えない。本をよく読む一般人と同レベルだろう。そもそも私は自分の、超自然的な力の源泉が気になって専攻していただけだ。結局何も分からなかったが、大学で出会った人々や経験はとても良いものだった。青山君とは、その頃からの付き合いになる。

私はまともな大人の振る舞いを知らないし、皆と合わせることさえできない変人で、当然どこにも就職することはできなかった。そこで、この力を使って小遣い稼ぎでもして細々と暮らそうと思っていたとき、「一緒に事務所をやりませんか」と名乗り出てくれたのが青山君だ。彼はその後も、私に代わって一切の事務仕事を請け負ってくれている。その当時は、便利な人間だとしか思わなかった。私の社会性の無さを憐《あわ》れんで、あるいは道楽として、そんなことを申し出てきたのだろうと思った。

しかしそれは違った。彼はどうも本気で、私のことを尊敬しているようだった。私のことを軽んじてきたり、興味本位で近付いてきた人間ではないから、私もできるだけ彼の思う通りの人間として振る舞わねばならず、結果、私はややまともな人間に近付いた、と言える。

百合子と青山君、私は二人によって未《いま》だ育てられている最中、と言ってもいいかもしれない。

青山君の実家は教会で、信者さんの懇談会や、バザーなどのためにいつも軽食を用意しているのは彼だと言う。そのせいか、いつもバターのような香りがする。

私はパン屋や洋菓子店の前を通るとき、条件反射のように青山君のことを思い出す。私は「料理の決め手は愛情」などという話は基本的に馬鹿にしている。しかし、彼の作るものは、それは本当のことなのではないか、と思わせる。彼に笑顔で「美味《おい》しいですか?」と聞かれながら食べる焼き菓子は、本当に美味しいのだから。

敏彦といるのに、他の男性のことを思い出したなどと言っては失礼かもしれない。しかし、変に言い訳をしても不自然になりそうだ。

「あの……いい匂いがしますね」

「ああ、るみが来ると思ったから、フィナンシェを焼いたんだけどさ……」

そう言いながら敏彦は私の上着をハンガーにかけ、スリッパを用意する。そして、スマートフォンの画面を見せてきた。料理本の表紙だ。「毎日食べたい　バターのお菓子」の文字の下に、ケーキの写真が載せてある。

「おかしいね、この本のレシピどおり、分量も工程も守ったはずなのに、妙にボソボソしておいしくないんだ。あれじゃとても食べさせられないよ。慣れないことはするもんじゃないね。確かに、青山君のようにはいかないよね」

彼は海外の通販番組のように両手を上げて、わざとらしくポーズをとった。

「せっかく作ってくださったんだから、食べますよ」

「何言ってんの、食べなくていいよ」

「じゃあ、捨てるんですか」

「捨てないよ？　俺が作ったって言ったら誰かは食べるでしょ」

事も無げに言う彼に、いつもながら尊敬の感情を抱く。普通の人間がこんなことを言ったら一笑に付されるだけだが、片山敏彦が言えば事実でしかない。彼が捨てた鼻紙ですら、きっと金を出して買う人がいるだろう。

「そういうところ、最高ですよ、敏彦さん」

冗談めかしてそう言うと、敏彦は美しく微笑んで、「嬉《うれ》しいよ」と答える。

「今日、お母様は？」

敏彦の家は内装が近代的で美しく、床も壁も常に磨かれていて、とても築三十年とは思えない。敏彦がまだ幼い頃に亡くなった彼の父親がとても拘《こだわ》って建てた、と聞いたことがある。彼も私と同じ、およそ集団の中でうまくやるということはできない変人なので、一般企業に勤めているわけではない。ただ、投資などで十分すぎるほどの富を築いており、父が残した一等地の美しい住宅を維持しつつ、母親を養っている。

「ん、母さん？　特に用事がないから来ないと思うけど」

「今日はどこかへお泊まりですか？」

「んん？　お泊まりも何も、賃貸物件で一人暮らししてるよ」

「えっ、それはどうして」

「まあ、俺といるのがしんどいんだと思うよ。散々迷惑かけたし仕方ないね。っていうか、何をいまさら。母さんが出てったの半年前だよ。もしかして俺話してないんだっけ？」

「いえ……そうでした、そうでした。すみません」

「だよね？　話したよね？　驚いた。もう何度も泊まりに来てるし、一体……って思っちゃったよ」

「すみません、ぼうっとしてて」

　本当にぼうっとしている。朝からずっと、夢の続きを見ているような、自分の立っている場所さえ定かではないような。でも体調はすこぶる良いから、いつまでもぼうっとしているわけにはいかない。今日は、敏彦からの「依頼」を受けてここにいるのだから。

「それで、敏彦さん。お願い事というのは」

「るみはさ、二週間くらい前に話してくれた、都市伝説の話、覚えてる？」

「二週間……ああ、はい、最後に敏彦さんと会ったとき話したやつですね。覚えてますよ。読むと怖いことが起きる本の話です」

敏彦と私のファーストコンタクトは、掲示板だった。

私はそのときあくまで趣味として、オカルト特化のWEBサイトを作っており、聞いたことのある怪談や、ネットの怖い話などをまとめ、独自の解釈と共に載せていた。今見ると恥ずかしいような出来だが、テキストサイト全盛期だったこともあり、それなりに閲覧者はいた。

開設からしばらくすると、閲覧者が増えたこともあって、私はサイト内に交流掲示板を設置した。こうしておけば、新たな怪談なども集まるかもしれないと考えた。

私の予想に反して、掲示板は私のサイトの愛好家が、この解釈は面白い、いや間違っている、など、和やかに議論を交わす場所になっていった。そこに頻繁に書き込んでくれるハンドルネーム『東大』というのが、ほかならぬ敏彦だった。

もちろん私もその和やかな掲示板のやり取りに参加しており、大学では民俗学を専攻していて、先生に倣って自らフィールドワークをすることもある、と発言した。実際はフィールドワークとは名ばかりで、興味本位で本物の怪異を探しに行ったりしていただけなのだが――『東大』は、自分はまったくそういう分野には詳しくないが、とても好きではあるので、ついて行きたい、と言ってきた。

彼とは色々なところに行った。というのも、人ならざるものは、人以上に造形の美しいものを好む傾向にあるからだ。古今東西に、美しい人間を攫《さら》う人ならざるものの伝承は伝わっている。彼と同行して私は、それらの伝承は虚構に留《とど》まらないことを知った。つまり、妙なものを引きつける囮《おとり》として彼を利用していた部分もあるのだ。

彼は彼で、その美しい外見に反して、あまり美しいとは言えない内面の持ち主だった。性格が悪いわけではない。

彼は、ストーキングが好きなのだ。一般的なストーキングというと、行き過ぎた愛情からの付きまとい行為を指すのだろうが、彼は違う。その辺の通行人からランダムに一人選び、その人の住所氏名職業交友関係、あらゆるものを把握し、そしてすべて把握したら満足してまた別の人間を探す。そういうことを日常的にやっている。正確に言うと、やっていた、らしい。とある事件をきっかけに、彼はもうストーキングをするのをやめたようだ。

私としては、特別な感情があった方がまだ理解ができる。彼にも言った。

「その人と直接話すわけじゃないんですよね。好きでも嫌いでもない人のこと、ただ把握して、何が楽しいんですか？」

彼は少し困ったように、

「知ることと、その過程、そのものが楽しいから、何が楽しいんですかって言われても」

彼は美貌《びぼう》ゆえ、ストーキングをされることも多い。世にも珍しいストーキングをされるストーカーだ。

しかし、こんな話を打ち明けてくれたのは、知り合って五年ほど経ってからのことで、最初の印象は、賢く、美しく、まさに神に愛された人間だった。

最初に彼を見た時、現実離れした美しさに動揺した。神そのもの、あるいは神のお使いが、私の活動を不敬だと感じ、祟《たた》り殺しに来たのかと思った。私は今よりもずっと社会性がなく、人間らしさもなかった。その人間らしさの欠如ゆえの態度を、彼は勘違いした。

「こんなこと言うのもなんですけど、俺を見てその薄い反応、二人目です」

きっとずっと、今に至るまで彼は勘違いしている。私が、彼の外見的魅力に惑わされない、特殊な人間である、というふうに。

話を戻そう。

要は彼も、私と同じく、「ネットの怖い噂」というような、今となっては嘘臭いエンターテインメントが好きな人間なのだ。

だから同好の士として、私はその都市伝説を彼に話した。

大手電子書籍販売サイト「リードモア」にて、仮に検索しても見つけられず、表示された人にしか購入できない書籍がある。そのタイトルは『愛《あい》な』で、文章力などあったものではない散文的な小説らしい。

女性が読んでも何も起こらない。ただ、男性が読むとそれは人によって内容を変える。最後の章には、

『あなたも死んだら一緒に来てね』

と書いてある。そして、そこから、女性の形をした何かに付きまとわれる。

どこかで聞いたことのあるような怪談だ。最近流行《はや》りのネットを通じて伝播《でんぱ》する怪異の話で、ありふれている。

ただ、この話は一昨年《おととし》の夏ごろから急に広がっていて、『愛な』について動画を作って配信したりしている者もいる。そしてその中には、実際に『愛な』を読み、呪われた、と主張する者も。

口裂け女や人面犬のように、人為的に流行らせたものである可能性も高いが、登録

者が数十万人いるオカルト系配信者のHiroH氏が、『愛な』に呪われたという動画を投稿し、それから一切何も発信していない、というのが気になる。

敏彦と一緒に『愛な』の動画を何本か見て、結局「やっぱり仕込みかもしれないね」という結論に至った。HiroH氏は未成年者と飲酒をした疑惑で炎上している最中だったし、表舞台から綺麗《きれい》に姿を消す口実にしたかったのかもしれない。ただ、それに乗っかる連中が多かっただけだ、と。HiroH氏が動画を投稿しなくなってから、既に半年が経過している。ネットの流行り廃りは一瞬で、もう特に騒いでいる人もいない。

敏彦はこの話を聞いて、

「最近忙しくて、動画をディグったりしなかったなー、オカルト好きの看板下ろそうかな」

そう言った。

「私も、これを知ったのはHiroH氏が消えたあたりですよ。アンテナが低いなと自分で思いました」

「やっぱり俺たちテキストサイト時代の亡霊は、いつまでも動画文化に慣れないよね」

そんなやりとりをして、終わったと思っていたのに、なんと敏彦は、私の知らない間に、『愛な』についてもっと深く調べた。しかもそれだけでは終わらなかった。

「俺さ、『愛な』を見つけて、買ったんだよね。五十円だった」

「はい？」

「本当だよ。と言っても、本当にたまたまなんだよね。『わたし、虐待サバイバーです』という本と、『虐待　トラウマからの回復アプローチ』っていう本を買ったら——電子書籍で本を購入するとさ、『この本を買った人は、こちらの本も買っています』みたいなオススメが出て来るんだよ。ふつう、関連書籍なんだけど、ひとつだけこれがあったから異様で、すぐに分かった。それで、購入した」

「あなた馬鹿じゃないですか」

そんなことが起こっている時点で、もう怪奇現象に巻き込まれているのと同じだ。敏彦は常軌を逸して美しい。狙われやすい。人にも、それ以外にも。そして、外見が美しいだけで、それらに対抗する術《すべ》を持っているわけではない。それなのにいつまで経ってもずっと危機感が薄い。敏彦はへらへらと笑いながら、

「ええ？　でも、るみだって、きっとあったら買うでしょ」

「まあ……そうかもしれないですけど、私とあなたでは……」

敏彦は満足そうに頷《うなず》いた。

「まあ最後まで聞いてよ。それで、『愛な』の内容は——いや、それより、本題だね。『愛な』を読んだらさ、消えた動画の人の言ってることが本当だと分かったよ。本を読み終わってすぐに、話しかけられた」

「ああ、『あなたも死んだら』というやつ」

「うん……ただ、セリフが違った」

敏彦はスマホをスクロールし、そのまま固まる。

「ああ、まあ、ありがちだけど、画像消えてるな。スクショしたんだけどな。まあいいや。セリフはね、『あなたのことずっと見てる』に変わってた」

「そのセリフも、なんだかありがちですが」

「はは、そうだよね。そうなんだけど、それからね」

敏彦は右の袖《そで》を捲《まく》った。毛穴一つないように見えるつるりとした腕が剝《む》き出しになる。思わず目を逸《そ》らしそうになるが、気取られて、「見て、ちゃんと」と言われる。

「これ、何だと思う？」

肌に細く赤い痕《あと》がついている。一見すると皮膚疾患の斑点《はんてん》のようにも見えるが、それにしては細長く、形が揃っている。

「こういうのが全身にあるんだよね」

カチャカチャと音がする。ぎょっとして手で制した。敏彦はズボンを下ろそうとしているからだ。

「大丈夫です、大丈夫、分かりましたから」

「そう？」

「……はい。痛みますか？　痒《かゆ》かったりとか」

「ううん、そんなに。ただ、この痕がつけられている最中は痛いかな。これさあ」

敏彦は眉間《みけん》に皺《しわ》を寄せて言う。

「女の指の痕なんだよ」

敏彦は忌々《いまいま》し気に舌打ちをして、

「勿論《もちろん》浮気じゃないよ。本当にずっと付き纏《まと》われてるし、なんかねえ、見られてるんだよ。最初は本物のストーカーかと思ったけど、違うな、と気づいた。痕跡《こんせき》が一つもない。生きてる痕跡がね。痕跡はないのに、『今日は漫画を読んでいましたね、私も生きていた頃、その作者の漫画が好きでした』みたいなことを、本に追加して書いてくる」

「つまり、内容はどんどん変わる、ということですか？　よく気がつきましたね」

「そりゃ、人によって内容が変わる不気味な本なんだから、変化は毎日チェックするでしょ」

「さすがですね」

「まあね。それでさ、俺のことを見ていて、俺の行動を報告してくる。それは、ストーカーにありがちな行動。そこまではいいとして、腹立つのは、ベタベタ触ってくるんだよ、俺が寝てるときに。俺が許せないのはね」

敏彦は一旦《いったん》言葉を切ってから、

「勝手に触られる、ってことなんだよ。るみがツッコミたい気持ちは分かる。『そうは言っても敏彦さん、あなた、他人にはすぐ触るじゃないですか。それで、意のままに操ろうとする』。そう。それはその通り。でも大きく違いがあるよ。俺はね、相手が俺との接触を望んでいるから応《こた》えているだけなんだよ」

私は怪奇現象の被害者の言葉を聞いているはずなのに、彼の態度の方が恐ろしくなってしまう。恐ろしいのは、説得力があることだ。確かに、敏彦がべたべたと触っても、誰も嫌な顔をしない。振り払ったりする人がいても、それは嫌悪からではなく、畏怖《いふ》に近い感情だと分かる。

「るみ、聞いてる？」

「あっはい、聞いてますよ……それで？」

「寝ると、触られる。それで、感覚があるから起きてしまう。でも、起きても、体は動かせない。金縛りの状態。眼球だけは動くんだ。顔は見えない。黒い靄《もや》のような人影が俺の上に乗っていて、俺の全身に指を這《は》わせて、押して、痕をつけていく」

「それは、どれくらい前からですか」

「るみが俺に『愛な』の話をしてすぐだから、まあ、十日ってとこだろうね」

「ううん……」

私は室内を見回した。やはり、どこにも何もない。気配すらも。

「るみがその反応ってことは、まあ、いないんだろうね、今は。そうだと思うよ。本当に、俺が寝てないと出てこないんだ」

寝ているところに近づいてくる怪異——日本では枕返し、西洋では夢魔などが有名かもしれない。そういう条件型の怪異は存在するのだ。

「出てきてくださらないことには、どうしようもありませんね。その、私も」

「そう言うと思って、プリントアウトした」

私の言葉に被《かぶ》せるように、敏彦はそう言って立ち上がり、細長い本棚から薄い冊子を取り出した。

「これは……」

少し分かりにくいが、淡い色彩の服を着た少女の後ろ姿、に見える。そのイラストの上に丸っこい書体で『愛な』と書かれていた。

「まあ、大した枚数ではないからね。印刷しちゃえば、内容は変わらないんじゃないかな、と思って。検証したけど、毎日電子の方の内容は変わるけど、こっちのプリントアウトした方は変わらない。読んでから三日目くらいにこれを作ってから、今まで」

「そうですか……」

デジタル媒体の呪いの文章を、わざわざ印刷する人間は初めて見た。こういう部分も、人ならざるものに見初められる原因かもしれない。

「と、ここまで話したけど、嫌だったら読まなくていいからね」

「いや、話しておいてなんですか。困っているんでしょう？　気持ち悪く触られて、痕が付いて」

「うん、それはそうなんだけど、ほら、俺って丈夫だし」

「体力はあまりない方だと思いますよ。とにかく、私は読みますよ」

「呪われるかもしれないのに？」

「都市伝説だと、呪われるのは男だけじゃないですか」

「まあ……」

敏彦は話を持ち込んできたくせに、ここに来てなぜか気が進まない様子だった。

「しゃきっとしてください。手に負えないときは、きちんと[redacted]さんに頼りますから」

「ああ、彼か……彼、俺のこと嫌いそうだけど、助けてくれるかな」

「なんだかんだ言って[redacted]さんは優しいですからね」

敏彦は納得したのかしていないのか、少しだけ頷いて、『愛な』を差し出してきた。

確かに、[redacted]さんは彼のことが気に食わないようだ。まったくの初対面のときも、「帰ってくれんね。ほういう奴がここにおると神様が怒るきね」と厳しい口調で言っていた。彼は「敏彦が魅力的に微笑んでも特別な反応をしない」三人目だ。

「やっぱりちょっと、嫌だけどね」

「もう、ぐちゃぐちゃ言わない」

私は引ったくるようにして『愛な』を受け取り、膝《ひざ》の上に置いて、一枚目を捲《めく》った。

あいなちゃんは　5さいの　おんなのこです
おとうさんと　おかあさんと　くらしています
もうすぐ　あかちゃんが　うまれます
あいなちゃんの　おかあさんは　あかちゃんを　うむために　びょういんに　とまっています
あいなちゃんは　さびしくなりました
「おとうさん　さびしいよ　おかあさんに　あいたいよ」
「あいなちゃんは　おねえちゃんに　なるんだよ　すぐに　おとうとに　あえるよ」
あいなちゃんは　おとうとよりも　おかあさんに　あいたいのです
「おとうさんの　わからずや」

あいなちゃんの　おかあさんが　あかちゃんと　いっしょに　かえってきました
「このこは　ゆうごくんよ　かわいがってあげてね　おねえちゃん」
あいなちゃんの　なまえは　おねえちゃんではありません
「わたし　あいなちゃんよ」
「おねえちゃんは　じぶんのこと　なまえで　よばないのよ」
おかあさんは　ずっと　あかちゃんのことを　みていました

「ねえねえ　おかあさん　きょう　わたしね」
「ちょっと　まってね　ゆうごが　ないているから」
「ねえねえ　おかあさん　ハンバーグが　たべたいな」
「おとうさんに　かってもらって　おかあさん　つかれてるの」
「ねえねえ　おかあさん」
「しずかにして　ねむりたいの」
おかあさんは　あいなちゃんのことを　みてくれなくなりました
おかあさんは　あかちゃんのことだけ　みています
「おとうさん　おかあさんがね」

「おねえちゃんなんだから　がまんしなさい」
おとうさんも　あかちゃんのことだけ　みています
あいなちゃんは　あかちゃんのことが　だいきらいに　なりました

ようこおばさんが　きました　おかあさんの　いもうとです
ようこおばさんは　おひめさまの　おようふくを　おみやげに　くれました
「かわいい　かわいい　あいなひめ」
ようこおばさんは　にこにこ　わらってくれました
「おかあさん　みて　かわいいでしょ」
「ねかせてって　いってるでしょ」
あかちゃんは　おかあさんの　おちちを　くちに　くわえて　すやすやと　ねています
「あかちゃんが　わるいんだ！」
あいなちゃんは　あかちゃんの　あたまを　たたきました
「うええええ　うえええええええん」
あかちゃんは　おおごえで　なきました
すぐに　あいなちゃんも　おおごえで　なきました

おかあさんが　おもいきり　あいなちゃんの　あたまを　たたいたのです
「いたい！　いたい！」
「あかちゃんは　なんばいも　いたいのよ！」
おかあさんは　あかちゃんを　だきしめて　あいなちゃんを　にらみました
「あんたなんか　もう　うちのこじゃ　ないわ」
ようこおばさんが「やめなさいよ」といいました
「あんたなんか　ようこの　こどもに　なればいい」
おかあさんは　ずっと　ずっと　あいなちゃんを　にらみました
ずっと　ずっと　にらんでいました

「『あいな　5さい』はここで終わるんだ」

敏彦が声をかけてくる。私はすっかり本の内容に集中していたから、敏彦の声で引き戻される。

「本当に動画で見たとおりですね、つまり……あいな、というのは人名で、この本の主人公。ここからは、あいなという少女の成長記録、日記のような内容になっていく」

　敏彦は頷《うなず》く。

「うん、その通り。五年刻みで、あいなという少女の日記が書かれている。三パートあるんだけど」

「それ以上はネタバレ禁止です」

　私がそう言って次のページを捲ろうとすると、敏彦は「はいはい」と相槌《あいづち》を打った。

「お前のかあちゃん　ほんとうの　かあちゃんじゃ　ないんだってな」
イジワルな　水木《みずき》くんが　言いました
「オレの　かあちゃんが　言ってたぞ　アイナは　かわいそうな子だって」
アイナちゃんは　水木くんを　にらみます
水木くんは　わははと　笑いました
「お前の　ほんとうの　かあちゃんも　見たことあるぞ　男の子と　歩いてた　お前は　すてられたんだな」
「そんなこと　ないもん」

「男の子のほうが　かわいくて　すてられたんだな　お前は　いらない子だな」

アイナちゃんは　泣いてしまいました

「やーい　やーい　いらない子」

水木くんの　なかまも　そう言って　アイナちゃんを　からかいます

先生が　とんできて　水木くんたちを　しかりました

水木くんたち　ひとりひとりと　あく手をして　仲なおりしました

でも　ひそひそと「いらない子」　と言われるようになった　アイナちゃんは　学校に　行けなくなりました

「そろそろ　学校に　行ったら」

ようこおばさんが　そう言いました

アイナちゃんは　首を　横にふります

「わたし　いじめられてるのよ」

「先生は　仲なおりしたって　言ってるよ」

「ううん　ずっと　いらない子って　言われるもん」

ようこおばさんは　ためいきを　つきました

「学校に　行かないの」

「行きたくない」
アイナちゃんは　ようこおばさんの　かおを　見ました
ようこおばさんは　にこにこしていませんでした
「学校に　行きなさい」
「いや」
「いや　じゃないの！」
ようこおばさんは　大きな声を　出しました
アイナちゃんは　おどろいて　動けませんでした
「あなたが　学校に　行かないと　みんなが　めいわくなの」
アイナちゃんは　学校に　行くことにしました
学校に　行くと　アイナちゃんの　つくえだけ　先生の　すぐ横に　おいてありました
だれも　話しかけてくれませんでした
水木くんたちだけ　小さい声で　「いらない子」と　言いました
「かわいい　かわいい　あいなひめ」
アイナちゃんも　小さい声で　言いました
「かわいい　かわいい　あいなひめ」

「大丈夫？」

敏彦が私の顔を覗《のぞ》き込む。それで本当に少し『大丈夫』になってしまうのだから、彼の美貌《びぼう》は凄《すさ》まじい。

しかし私はそれでも、辛《つら》くて堪《たま》らなかった。こんなものは読みたくない。どこかで休憩を挟みたいと思っていた。およそ、優しさとはかけ離れた人間ではあるけれど、この本の中の「あいな（アイナ）」を見て何も思わないというのは不可能だった。

誰からも愛されていない孤独な子供。今のところ、彼女が救われる気配が見えない。『親に愛されていない少女の一人語りで、最後は寂しさから読者を巻き込んでこようとする』というような概要は分かっていたが、『愛な』を紹介しているサイトや動画で、全文を掲載しているものはなかった。

どうしても自分と重ねてしまう。怖いことが起こりそうで読み進められないのではなく、こんな救われない物語を読んだらトラウマを刺激されて辛い。

怪異を産むのは人間であることが多い。特に、恵まれない人間だ。

嫌悪、嫉妬《しっと》、怒り、悲しみ、そういうネガティブな感情。

この仕事をするようになって、嫌と言うほど見てきた。あいなや私のような、親に愛されなかった子供。彼ら彼女らは私と同じように、いつまでも母親というものに執着している。

ここにいるのが青山君であったら、と思う。結局そういう子供は、母親のような存在を以《もっ》てしか、救われないように思う。

敏彦は桁外《けたはず》れに美しいが、父、母、兄、とにかくどの役割にも当てはまらないような気がする。こういう人間に母親に執着する人間のことは癒《いや》せない。癒せはしないが

――

「ねえ、本当に大丈夫？」

彼の顔を見ていると、問題を先送りにできてしまうのは本当だ。本質的には何も解決しなくても、忘れることはできる。私は何度か深呼吸をした。

「まあ、まだ何も起こってはいませんから」

自分に言い聞かせるように言う。

敏彦は、

「なら、いいけど。とにかく、これで『アイナ　10歳』は終わり」

と言って、私の表情を窺《うかが》ってくる。

いちパート読み終えるごとに声をかけてくるのは、私と違い、トラウマを刺激され

ているわけではなく、怪奇現象自体に不安を感じているからかもしれない。このまま読み進めると、何か起こってしまうのではないか、と。怖がることはないが、『何かが起こる』と思うことには同意する。

先程から――『アイナ　10歳』を読んでいる最中から、じっと見られている、と感じるときがあった。それがどういう感情から来るものか察知する前にそれは消えてしまう。独特の、洗いたての洗濯物のような香りが残る。私のものとも、敏彦のものとも、この家のものとも違う香り。そして姿は見えないのに、声が微《かす》かに聞こえた。はっきりとした言葉ではなく、ぼそぼそとした呟《つぶや》きだけれど。何かが起こるだろう、確実に。

しかしそれは、こちらが望んでいたことだ。

「暗い気持ちになるばかりですが、続きを読みます」

私がそう言うと、敏彦は短く「そうするしかないもんね」と答えた。

「ねえ　進路のことだけど」

葉子《ようこ》おばさんがそう言った

「ちゃんと決めた？　申し訳ないけど　私立は無理だよ　浪人もダメ　公立に受かってね」
「はい」
私は　できるだけ　大人しい声で言った
「可愛くない子」
葉子おばさんはそのまま　寝室に行ってしまう
お酒を飲んでいると　葉子おばさんはこわい
お酒を飲まなければ　こんなふうじゃない
食事も作ってくれるし　勉強だって教えてくれる
でも　きっとこれが　葉子おばさんの本音なんだと思う
ワガママなんて　言えない
葉子おばさんは　おばあちゃんといっしょに　頑張って　私を　育ててくれた
私だって　頑張って　勉強しなきゃ　いけない
かわいい　かわいい　あいなひめ
そういうふうに言ってくれたのは　嘘じゃない
きっとあのときは　本心だった
でも私はだんだん大きくなって　ぬいぐるみみたいな可愛さはなくなって　お金も

かかるようになって　おばさんの自由はなくなっていった　私が奪っていった
本当の子じゃないし
結局本当の子じゃないし
もう可愛いと思えないのは　仕方ないことだと思う
この間　雄吾《ゆうご》を見た
友達といっしょに公園で　ゲームをしていた　笑っていた
腹が立った　頭に　あのときの傷なんか　少しも残っていなかった
残っていれば良かったのに
葉子おばさんの　いびきが聞こえる
お皿を洗って　もうひと頑張りしよう
勉強をする
勉強をして　高校に受かったら　アルバイトをしよう
葉子おばさんと　おばあちゃんに　めいわくをかけたらいけないから
大学は無理でも　専門学校なら　行けるかもしれないから
早く　働きたいから

「これで終わりですか」

私は聞いても仕方がないことを言う。

「うん。言わなくても分かると思うけど、これが『愛奈《あいな》　15歳』ね」

「はい……」

「大丈夫？　何度も聞いてごめんね。嫌だったら放り出していいから」

私は首を横に振った。ここまで来て放り出すことはあり得ない。彼女がどうなるのか、気になってしまう。

「その……この先、おかしいんだよね」

「おかしい？」

敏彦は頷《うなず》く。

「この先、変なんだよ」

「変と言えば、すべて変だと思いますが」

「そうなんだけどさ……」

「それに、読んで何かが起こる、敏彦さんだけメッセージが変わるのは、ラストでしょう？」

「そのはずなんだけどね」

敏彦はスマホを取り出し、画面を見せてくる。

HiroH氏の『愛な』紹介動画の一部の静止画が映っている。

「字幕に書いてあるだろ、『これは愛奈という少女の5歳、10歳、15歳までの成長記録が物語ふうに綴《つづ》られていて』って」

「それが何か……あっ」

私が捲《めく》ろうと思っていたのの次のページには『上木《かみき》愛奈　25歳』と書いてある。

「これも見て」

同じくHiroH氏の動画の一部だ。字幕には『最終章は愛奈25歳・恋文なんですよ』と書いてあり、HiroH氏はにやにやと笑っている。

「これ、読み終わって、動画を確認してから気づいた。俺のは、『上木愛奈　25歳』と最終章『恋文』になってる。分裂してるっていうか」

「なるほど……」

敏彦の唇が、少しだけ緊張しているのが分かる。横に引かれて、中央の部分が薄い色になっている。

恐ろしい話なのは分かっている。想定外の変化が起きている。この配信者よりも、大きな不幸が身に降りかかるのではないかと思うのも当然だ。

それに、変な気配はますます強くなっていった。不気味なのは、ふつう、怨霊《おんりょう》などの悪意はすぐに伝わるものなのに、今回分かるのは「いる」ということだけで、それ以上のことはまったく読み取れない。独特の香りもますます強くなっている。声が何を言っているかも聞き取れた。『どう思う？』だ。笑い声もあげていた。

完全に霊障であるし、怯《おび》えないまでも、警戒心を強めないといけないのは分かっている。

しかし――美しい。この美しさで、緊張感が和らいでしまうのだ。

彼がいるときっと、怪談話の類《たぐい》を真に恐ろしいと感じることはできないのではないかと思ってしまう。当の本人はこうして怯えているわけなのだが。

「私は大丈夫です。きっと、何かは起こるのでしょうから、気は引き締めておきますね」

「そう……じゃあ」

繊細な人差し指が震えている。私はそこに、幅の広い自分の指を押し付けた。

「大丈夫ですから」

敏彦は「そうだね」と言った。「るみなら大丈夫だね」

奨学金残高を見る。あと、百七十五万円。

もう何年も、毎月三万円ずつ引かれている。仕事が上手《うま》くいかなくても、インフルエンザにかかっても、自転車で転んで入院しても、ずっと引かれていく。奨学金の返済は待ってくれない。

預金残高を見る。七万二千円。

どんなに頑張って働いても、貯金なんかできるわけない。働いても、疲れるだけで、損している気がする。でも、働かなければ、生きていけない。

私がどうなっても、誰も心配してくれないし、助けてくれない。一人の力で頑張るしかない。

私のことを考えているのは、私だけ。

弟の雄吾とは、今でも連絡は取り合っている。慶應義塾大学に合格して、楽しそうにキャンパスライフを送っている。理工学部。合格のしらせを聞いたとき、私はおめでとうと送る前に、学費を調べた。年間、百万円以上した。四年間通ったら四百万円を超える。私が一年で稼ぐ金額より、ずっと多い。

家にもお邪魔することはあるけれど、それは誘ってくれる父と雄吾に気まずい思いをさせたくないからというだけで、全然楽しい時間ではない。ご飯を食べたらすぐ帰ることにしている。そもそも、私が長居するような場所がない。そんなこと、二人は考えたこともないんだろうな。

そして、母親は、やっぱり口を利いてくれない。

成人式でレンタルの振袖《ふりそで》を着た時、葉子おばさんが「これはおかあさんがちょっとお金を出してくれたんだよ」と言って来たけど、父親が払ってくれたか、もしくは嘘だと思う。

私の顔を見ると、完全な無表情になって、小さく会釈するような人が、私のことを考えていると思う？

人生の中で一分一秒たりとも、それより一瞬でも、娘なんて必要だったことはない。

そういう顔をするのに。

弟は、まっすぐに育っている。私が訪ねるといつも笑顔で迎えてくれるし、自炊覚えたんだよ、とか言ってチャーハンを作ってくれたこともあるし、彼女も友達も当たり前にいるみたいだ。

はっきり言おう。雄吾がいい子であればあるほど、腹が立つ。

そのまっすぐさは、私が手に入れるはずだったもの。私がいないからこそ、そうやってまっすぐに生きていられるんだから、全部、私のおかげだ。雄吾は私に感謝するべきだ。

でも雄吾はにっこりと笑って、「姉ちゃんまた来てよ」と言う。まるで、気遣いのできる素晴らしい人間であるかのような顔をして。自分が、私より一段上であるという、揺るぎない自信を持って。

小さな赤ちゃんだった弟に嫉妬《しっと》したことは、そんなに悪いことだった？　敵みたいな顔で見て、家から排除して、おばさんの人生を無駄にして、私を世界で一人きりにするくらい、悪いことだった？

そんなに憎らしかった？　私に消えてしまえって思ったの？　捨てた後もずっと、自分で自分を責めて後悔するような人生を送らせたかったの？

大成功だよ、おかあさん。

私は、ありのままでは、誰にも愛される資格がないと思っている。そしてそれは自己責任だと思っている。

お金とか、可愛さとか、仕事で有能とか、そういう要素がなければ、誰にも愛されないと思っている。親にすら、愛されなかったので、無償の愛というのはそもそも、最初から私に与えられる予定はなかった。当然だと思っている。

カウンセリングに行って「そんなことを思う必要はない」と言われた。優しくもしてもらえた。でも、結局それだって仕事でしょう。安くはないお金をもらっているんだから当然、そうするもので、私を愛しているわけではない。

大成功だよ、おかあさん。

一緒にいても楽しくないから、みんな離れて行った。

毎日「死んだらいけない」で「死んでしまいたい」を塗り潰《つぶ》して生きてる。

私には存在意義はない。

いや、一つだけ、見つけた。会社で見つけた。

それは、サンドバッグとしての存在意義。

働いている、下請けの下請けの下請けみたいな印刷会社は、みんなイライラしている。大したお金ももらえなくて、誰も余裕がないから、みんな。それで、ストレスのはけ口を探している。

私は何も言えなかった。学生時代とそんなに変わらなかったから。暴力を振るわれるわけではないし、金を取られるとか、そういうこともない。嫌な気持ちにさせられるだけ。私にさんざん、嫌なことを言った後、彼らは晴れやかな顔をしている。私が入ってから、少しだけ空気が和やかになったって、イヤミだろうけど、言ってくる人もいる。

それは、玄関マットとしての存在意義。

不満だよ。でも、何も言えない。ここを追い出されても、行くところがないから。

それに、好きな人ができたから。その人は、私が嫌なことを言われていると、さりげなく話題を逸《そ》らしてくれたりする人で、かっこよくはなかったけど、心が綺麗《きれい》な人なんだな、と思った。

私はただ、何も言い返せなかっただけなのだけど、私のその態度を「優しくて真面目」と解釈してくれたみたいで、その人も、私のことを好きだと言ってくれた。

営業職の人で、週末は疲れていて、あまり一緒に出掛けたりはしなかったけど、仕事帰りにそういうホテルに泊まったりして、一緒に寝ているときはとても幸せだった。

その後、驚くことがあった。

会社に行ったら、いつも私を玄関マットにしている人が結婚の報告をしていて、そこに、あの人もいた。見間違いかと思った。そうではなかった。私は、体調が悪くなったと言って、その日は早退した。倒れ込むように寝て、夜、目が覚めると、二人で話したいと彼から連絡が入っていた。

呼び出されたところに行くと、彼はなんでもない顔をして、抱きしめてきた。

「もう結婚するんでしょう?」

「結婚するけどさ、いいじゃん、綺麗なだけの人間なんていないでしょ」

「私と結婚するって言ったのにね」

「言ってないよ」

言ったじゃない、と言おうとして、言われていなかったことに気がつく。「結婚したいね」と言ったら、「できたらいいね」と言われただけだ。

私は彼に頭を下げて、その場を去った。綺麗なだけの人間はいないし、騙《だま》されていたけれど、騙していたのは私も同じだ。私は控えめで大人しくて優しい女に偽装していた。そうでなければ私は、彼のはけ口ですらなかったのだと思う。

翌日はきちんと会社に行って、普通に仕事をした。

昼休みになったとき、珍しくランチに誘われた。誘ってきた中に、彼の結婚相手もいた。

予想通り、彼女は浮かれていて、ずっと結婚生活への期待や、新居のこと、自虐に見せた自慢などを話していた。

「ねえ、上木さん」

「なんでしょうか」

心臓が一瞬びくりと跳ねたけれど、平静を装えた。

彼女はにやにやと笑いながら言う。

「上木さんは結婚の予定ないの？」

「私は……」

「あるわけないじゃない！」

他の女性が口を挟んでくる。

「上木さんは、ねえ？　真面目だものねえ」

彼女はそれを聞いて満足そうに、ふふふ、と笑う。

「上木さんさあ、あとタイムリミット、二年くらいじゃない？　焦らないと」

「二年じゃ無理でしょ」

「じゃあ結婚は無理かあ」

笑い声。

「そのまま生きていく気なら、結婚してる私たちに感謝してもらわないとね」

「ああ、子供産まないんだもんね」

笑い声。

「子供産まない人って、ナウナウイズムって言うんだっけ？　国民の将来のことまったく考えてないよね」

「そうそう、こういう人が将来困って、国に頼るんだよね」

「税金だって、私たちとは全然納める額がちがうんだから」

笑い声。

「私最近、そういう人のことなんていうか知ったんだ」

「なになに？　教えて」

「フリーライダーっていうんだって」

「なにそれえ！　ラッパーみたい。かっこいいー」

笑い声。

「上木さん、ラッパーじゃん。MCフリーライダー、レペゼン独身」

笑い声。

「とにかく、上木さんは人一倍働かないとね」

笑い声。

「私、ただ生きてるだけなのに、なんでそんなこと言われなくちゃいけないんですか」

私がキレたって、ますます笑われるだけなのにね。

笑い声。

「待って」

敏彦が私の手を強く握った。ページを捲《めく》ることができない。

少しだけムッとしてしまったことに自分で驚く。私は、続きが読みたかった。完全に、この本の主人公、上木愛奈に感情移入していた。私だったら――そう思う。私だったら、こいつらを許さない。生きていることを後悔させる。

愛奈は復讐《ふくしゅう》をするのではないか。そう願う。

愛奈は私よりずっとまともだし、性格も容姿もきっとずっとマシなのだから、烏滸《おこ》がましいかもしれない。ただ一点、彼女と私の同じ部分――無償の愛などというものを信じていないこと――それに、共感している。そういう人間が幸せになれないことは分かっているが、どうにか少しは良い思いをしてほしい。それは、私への救いにもなるのだから。

「どうしたんですか。続きを読まないと」

「これまで、印刷したものの内容は変わってなかったんだけど、さっき、うっすら見えちゃった。変わってるんだ」

「え？」

敏彦は私が捲ろうとしたのの次のページに人差し指を置き、ゆっくりと動かした。文字が現れる。

『あなたへ』

敏彦の顔を見る。正視することが恐れ多いような形の良い唇が色を失い、震えている。

「ここの章のタイトルは、『恋文』だった。それで、その名の通り、ある男性への、恐らく愛奈からの恋文が綴《つづ》られていた。最後まで読んだら、付きまとわれるようになった。これは『あなたへ』だ。明らかに違う。そこまではまあ、いいんだけどさ、そもそも、こんな詳しく書いてなかったよ、彼女の人生の話」

ははは、と笑い声が聞こえた。女性の声が、はっきりと。

見回しても誰もいない。まだ、正体を現さない。

「……これ、明らかに今、読ませようとしているよね。俺じゃなくて、るみに」

「男性が読むと、最終章は読み手に語りかけているような内容になる。そこまでは言われているとおりですよね。読み終わったあと『あなたも死んだら一緒に来てね』というメッセージがあるらしいですが、敏彦さんの場合は『上木愛奈　25歳』『恋文』で、さらには寝ている間に触られるようになった。そんな体験談は配信者も、ネットの有象無象も話してはいませんね。さすがは敏彦さんです。愛奈は死ぬまで待てないようだ」

「茶化さないでよ」

「すみません。私が言いたいのは、敏彦さんのような完璧《かんぺき》な美貌《びぼう》を持つ人間、言わばイレギュラーが読むと、どうやらイレギュラーなことが起こる。とすると、イレギュラーな女の私が読んだら、イレギュラーなことが起こるのも当然では？　想定内ですよ。何が起こっても大丈夫とは言えませんが、とにかく何か起こさないと解決しませんん」

「俺がそもそも悪いんだから、お前が言うなって感じだと思うけど……これなんだろうな、不思議だな。友達の時は平気だったけど、今はるみに何が起こるか分からないってなると、怖くなっちゃった」

長い睫《まつげ》毛が陶器のような肌に影を落としている。

「もういいよ、やめよ。別にどうでもいいや、俺が付きまとわれるのなんてよくあることだし、別に。触られるのだってそう、我慢すりゃいいや」

敏彦の腕が背後から伸びて来て、『愛な』を私の手から取り上げようとする。私は両手をページに置き、それを拒否した。

「途中ですよ。始めたのだから、最後までやります」

「俺心配なんだって」

敏彦は私の頬に自分の頬を触れさせて囁《ささや》く。

「もうやめよう」

「私には効きません」

肩に力を込める。

「やめて下さい、他の人と同じように、その顔でお願い事をすれば、どうにかなると思うの」

他人を舐《な》めるなという怒りと、その辺の付き合いの浅い奴らと一緒にするなという対抗心、嫉妬《しっと》心みたいなものが同時に押し寄せる。自分が後者のような感情を持つのが気味が悪い。一刻も早く忘れたい。

彼のこういうところは少し不快だと思う。こういうところというのは、美しさで他人に言うことを聞かせようとするところではない。そこはむしろ好きだと思う。そうではなく、結局育ちが良いから中途半端に優しさと甘さを持ち合わせているところだ。

こういう事件のときは、やはり青山君との方が良いと再確認する。彼は本当に優しい人だから、決して投げ出さない。できることがなくても、何かやろうとする。そして、できてしまう。私だって、彼がいるだけで少しだけマシな人間になっているのだから。

敏彦は私の顔から本気を読み取ったのか、首を絶妙な角度に傾ける。

「はあ……ごめん」

敏彦はゆっくりと移動して、元の通りソファーに腰かけた。溜息《ためいき》など人の目には見えない。でも、溜息さえも美しいと彼を見ると思わされるのだ。美しいから、瓶に入れて、持って帰ってしまいたいと。

「いざとなったら、俺のこと見捨てていいからね」

私は彼の言葉を無視することにした。意図的か無意識か知らないが、視力の正常な人間なら敏彦を見捨てることができないことが分かっているような気がしたからだ。私は敏彦のことが好きだ。しかし同時に、この世で一番厄介な人間だとも思っている。

「では、読みますよ」

私はページを捲った。

あなたへ

残念、私は平成三十年三月十五日に死にました。復讐なんてしていません。ずっと馬鹿にされたままで、25歳で人生が終わりました。ビルから飛び降りました。

飛び降り自殺が怖くないなんて嘘。死ぬ寸前まで意識はあった。落ちていくとき、風が頬に当たって、皮膚が破れるかと思った。浮遊感も怖くて怖くて、ずっと叫んでいた。叫んでいます今も。怖い。苦しい。痛い。辛《つら》い。

こんなに苦しいけれど誰も巻き添えにできなかったことを後悔しています。私は、誰か一人でも巻き添えにしたかったんですよ。悔しいな。

あなたは幽霊が見えるから、死んだあとの人間がどうなるか知っているよね。私は死んだときの姿のまま、潰《つぶ》れて、顔が横長になって、手足がめちゃくちゃな方向に折れ曲がったまま、歩いています。ずっと痛くて苦しい。痛いのも苦しいのもずっと続くんだよ。死んで後悔しています。死ななければよかった。でも死んでしまったものは仕方がないでしょう。

誰もこの苦しみを理解しない。苦しいのは私だけ。それが悔しいから、苦しい人を増やそうと思いました。

苦しい人を増やす方法を考えたとき、思いついたことがある。

リングの貞子《さだこ》。そう、私、リングが好きなの。あなたも好きですよね。今は貞子は怖いというより面白くてかわいいみたいな印象になってるけど、最初の映画の貞子は怖くて、それで、かっこいいよね。強い。誰も勝てない。

貞子は、呪いのビデオを見た人のところにやってくる。それで、思いついた。私も、そういうことをしようって。

経験上、人間って、すごく疲れているときって、深い内容のものは見られないんだよね。インスタントに楽しめるものしか見られない。私はいつも疲れていたから、ネットで怖い話を読むことが好きだった。プロが書いたストーリー性のあるやつじゃなくて、流し読みできるような、ただ、怖さだけを表現した文章。

私もそういうふうにしようと思った。

「夢枕に立つ」って言葉があるでしょ？　あれ、本当なんだよ。貞子と違って弱い私でも、そういうことだけは、できるんだ。だから、あなたみたいな霊感のある人のところに行って、毎晩聞かせて、書かせたんです。私の話、私の物語。リードモアにあったのは、そういうものなんですよ。書いた人は、追いつめられて死んでしまった。

言っておくけど、私は殺していない。そんな力はありません。

そう。私は結局弱いから、貞子みたいに呪い殺すことはできなかったんです。

でも、怖がらせることくらいはできた。そういうことだって、馬鹿にできないんだからね。

私の話を書かせた人は、怖くて怖くて、弱って、自分で死ぬことを選んだんだからね。勝手に追い詰められて、お酒と一緒に睡眠薬をたくさん飲んで。私、眠っているときに話しかけているんだから、眠ろうとしたら逆効果なんですけどね。それで、大量に吐いて、その中で死んでしまった。きっとあの人も、私と同じように、ずっと苦しくて痛くて、死んだことを後悔している。私には見えないけれど、きっとそうです。それが、すごく嬉《うれ》しい。

こういう人を一人でも増やそうと思った。増やしていく途中で、彼を見つけました。彼はとても美しいよね。私には、美しい以上の言葉が見つからないけれど、きっと小説家が彼を見たら彼を題材に作品を作って、それはもう上手に言葉にしたでしょうね。

彼の目を見た時、一瞬で理解した。私は、いいえ、私だけじゃない。人間は、彼のために存在している。そうだよね？彼がこのゴミみたいな世界に彼の美しさを一かけらも奪われないように、全人類が存在しているんだ。大げさかもしれないですね。でも、それくらい綺麗《きれい》だって、あなたも、思いますよね。

雄吾のことがどうでもよくなった。コンプレックスを感じていたけど、妬《ねた》ましいと思っていたけど、今では、雄吾はかわいそうだなと思っています。雄吾は彼女がいると言っていた。ということは、まだ雄吾は彼に出会っていないということでしょう？一生出会う機会がないといいと思う。

びっくりすることに、母親のこともどうでもよくなりました。あの人の無償の愛情なんてもういらない。下らないものだよ。無償の愛に拘《こだわ》っていた自分も下らないと思う。彼からただで愛を受け取ろうとするなんて、すごく図々《ずうずう》しいと思うようになった。当然、私をはけ口にした彼のことも、彼女のことも、どうでもいいんですよ。だって、彼に比べたら——いえ、比べることすら図々しいですね。あんな人に抱かれて幸せを感じていたなんて、なんて馬鹿だったんでしょう。

私は、彼のことを見ることにした。ずっと、ずっと、見ることにした。やっぱり眠っているときしか手は出せなかったけれど、見るだけなら、できました。

彼は、思っていたのとは違う性格をしていました。驚いたけれど、すぐに受け入れることができた。

驚いてしまったのは、私の知っている美人とか、イケメンは、みんな優しかったからなんですよね。世の中のほとんどはブサイクで、綺麗な人というのは少数派だからかもしれません。みんな、多数派の人に気を遣って行動しているように見えた。余計な妬みで攻撃されないように自己防衛していたのかもしれないし、見た目が綺麗だから良く見えていた、ということもあるかもしれない。

彼は違った。

彼は、おかしな人。

自分の楽しさだけを優先している人。他のことはその楽しさを提供するための道具でしかない。彼がすごいのは、彼自身の命も、どうでもいいと思っているところ。他人が自分のことを特別だと思っていて、自分のために動くのを当然だと思っている。

でも、傲慢《ごうまん》ではない。彼にとっては、それが日常で自然で、当然のこと、という感じ。思えば、私の知っている綺麗な人というのは、確かに綺麗だけれど、人間の範疇《はんちゅう》という感じでした。彼は、人間という枠組みを超えているのかもしれません。

彼はそういう生き物なんだ、それが正しいんだ、と思いました。思わされました。

あなたもそう思ったんでしょう。

あなたも、彼のそういうところが、異常で、特殊で、素晴らしいと思っているんですよね。

彼を見ているから、ずっと見ているから、あなたのことも見ています。

あなたに対しては、妬ましいと思います。

悔しいけれど、あなたは、彼の特別ですね。

見た目は、失礼だけれど、全然綺麗じゃないと思います、普通より。

それなのに彼はあなたを選んでいる。

それはあなたが、彼の趣味――オカルト趣味に、合わせられる人だから。霊能者だから。
それと、変わっているから、ということだと思うんですけど、違いますよね。
本当は違いますよね。
あなた、彼を騙《だま》していますよね。
彼はあなたを特別な人間だと思っているけれど、違いますよね。
あなたは普通の人ですよね。
あなたは当たり前に、彼のことを愛していますよね。彼を美しいと思っていて、そんな彼に好かれていることを内心自慢に思っている、
ごく普通
　　　　の人ですよね。
あなたは小さい頃に私よりずっとひどい扱いを受けてる
ごく普通
　　　　の人ですよね。
あなたは、自分が醜いと思っていて、彼の側に立つ資格はないと思っている、
ごく普通
　　　　の人ですよね。
本当は彼のことを特別視してしまっている、当たり前の感覚を持っている、

ごく普通　　の人ですよね。
ごく普通　　の人ですよね。
ごく普通　　の人ですよね。
ごく普通　　の人ですよね。
分かっているのに、騙していますよね。
私は、あなたの気持ちが分かります。だから、許せません。
あなたは、たまたま、運が良かっただけの人。
ごく普通
　　　の人ですよね。
特別ではありません。
だから許せません。
あなたは
ごく普通

の人なのだから　私　と
同じようでなければ
いけません
佐
々
木
る
み
さん
分かっています　ずっと見てたから
幸せそうな顔をしないで
　苦しむべきです
ねえ　佐々木るみ
さん
親に愛されなかった子って
一生
うまく　いかないと

そうで
なければ　いけないと
つらいおもい　していないと　私と同じ　ように　辛《つら》い　思いを　し
てない
と
割に
合わない　と　ダメだと
思わない？

「るみっ！」

敏彦の叫び声が聞こえた。

「大丈夫です」

強がりではない。本当に、何ら脅威ではない。

女が這《は》い蹲《つくば》っているだけだ。髪が短くて這い蹲っているのに女だと分かるのは、首を奇妙な形に持ち上げて、顔はこちらを向いているからだ。

だろう。

「汚い見た目。カエルみたい。本当に、醜い」

私はわざと嘲《あざけ》るように言う。くぐもった唸《うな》り声が女の口から漏れた。怒っているの

構わない。私の方が怒っている。

傷ついた人間は傷ついた分だけ痛みを知っていて、他人に優しくすることができるという説を唱える人間は多い。それはきっと、いじめられた被害者を労《いた》わるための、お優しい言葉なのだろう。しかし、まったく真実ではない。私を見てみろ、と思う。虐げられた人間は、虐げられた分だけ、根性が捻《ね》じ曲がる。自分はこんなにひどい目に遭ってきたのだから、多少よそ様に迷惑をかけても許される。そういうふうに心のどこかで思っている。

この女と私は同類なのだ。言われた通りだ。自分がこんな目に遭ったのだから、他人も同じくらい不幸な目に遭わないといけないと、強く思っている。図星だ。

私が共感したのは間違いではなかった。強烈な被害者意識から来る暴力性。私たちは、同じものを持っている。同じだ。まったく同じ。

「るみ」

いや少し違う。私は彼に愛されている。

美しい顔。本当に美しい顔。

彼は私のことを特別な人間だと思っている。余計なことを言わないでほしい。私は愛情を受け取っている。この女と違って。余計なことを言わないでほしい。声を張り上げる。

「そんな不気味なバケモノのくせに、誰かと付き合う資格があると本気で思っているんですか、図々《ずうずう》しいですね」

これは本心だ。だからスラスラと言える。この女にそう思っているのではない。これは私が私に思っていることだ。まったく図々しい。敏彦だったら、もしかしたらその甘さと振りきれた好奇心で、歪《ゆが》んだ人間とも付き合うこともあるかもしれない。でも青山君だったら？　青山君みたいな人間と付き合う資格は本来、ないのだ。それでも付き合えるのは、私が、この能力を有しているから。それだけが理由だ。図々しいけれど、そんなこと、気づかれたくない。

本当は、すべて自分に問題がある。誰からも無視されるのは、無視されるような人間だからだ。なのにそんな自分に興味を持ってくれた他人に感謝することはない。

敏彦にだってそうだ。彼に感謝せず、なんとかして相手を貶《おとし》めて――敏彦が異常だから、ストーカーをするような異常者だから、こちらと釣り合いが取れていると思い込もうとしている。卑屈で最低な発想だ。本当は敏彦にだって、付き合ってもらう価値などない。分かっているからこそ、自分を価値があるものだと思えないからこそ、他人を自分と同じ位置まで引きずりおろして考えるしかない。

ちらりと視線だけ敏彦の方に向ける。敏彦にも見えているようで、顔を青白くさせながら、壁に背中を付けている。

としひこ、という声が聞こえる。忌々《いまいま》しい女の声だ。

としひこ、としひこ、わたしを——そんな、聞く価値のないことを。親に捨てられた無価値な人間の、無価値な言葉を、私は聞く必要がない。余計なことを言うな。

下らない言葉を掻《か》き消す。

「敏彦さんをどんなに求めても無駄です。生きていても、死んでいても、あなたのような無価値な人間には彼は必要がない」

あなただって、と言われる。あなただって、親に捨てられていて、価値がないじゃない、と。そんなに醜い容姿で、偉そうに敏彦の横に立っていられるのは、その身の程知らずな図々しいところは、親に似ていると、そんな声が聞こえる。分かっている。鏡のようだ、その女が吐く言葉は。余計なことを言うな。彼に教えるな。

それはずりずりと、指の力でにじり寄ってくる。空気が重くなっている。どうでもいい。私は今、怒っている。焦っている。

右腕を大きく上げる。

「あなたはせいぜいそうやって、汚らしく床を這い廻《まわ》るのが関の山ですね。私は違います」

右腕を右方向に大きく払う。スパアンという、気持ちの良い音がした。私にしか聞こえていない。

「ほら、早く来なさい。ムカつくでしょう？　殺したいでしょう？　それとも、負けを認めるの？　自分が彼を」

喉《のど》が詰まるような感覚があった。首を絞められているのだ、と気がつく。私の首にはいつの間にか電気コードが絡まっていて、それが上に引かれている。

女はなおも、ずりずりと寄ってきている。酸欠で頭がぼんやりしてくる。

笑みが零《こぼ》れた。下らない、サイコキネシスもどきで、こんな軽いものを飛ばしてきて、殺そうとするなんて。こんなところまでレベルが低い。私はこの女に勝っている。私は、他人を守ることができる。チンケな力ではない。もっとずっと、すごいことができる。

私は押し入れをイメージする。頭がぼんやりしていてちょうどよかった。押し入れの中も、埃《ほこり》が飛び交っていて、真っ暗なのに埃だけが光っていた。押し入れの中は、今の酸欠状態で見える視界とそっくりだ。

ひしゃげた女の口元は歪んでいる。勝ち誇ったように笑っている。醜い。そしてきっと私も、同じ醜い表情を浮かべている。

「上木愛奈、入りなさい」

そう言って、思い切り閉める。女は——哀れな、私よりずっと弱くて可哀想な愛奈は、余計なことを言わず、吸い込まれるように私の押し入れに閉じ込められた。


女を閉じ込めたあと、大きく息を吐いて、床に崩れ落ちるように体を預ける。敏彦が駆け寄ってきて、床に腰がつく寸前で私を抱きかかえるような形で下敷きになった。

「そんなことして下さらなくても大丈夫なのに。本当に簡単な相手でしたから」

必要以上に早口になっているのが自分でも分かる。あの女のせいで、私の心が——私が、どういう人間なのか、知られてしまったら、そしたら、

「何言ってんの。危ないことしないで」

敏彦は真剣な顔でそう言う。そして照れたように、

「いや、お前が言うなって感じだよね。危ない目に遭わせたのは誰だよって言われても文句言えない」

敏彦は穏やかな様子だ。気づかれている様子はない。聞いていたとしても、深く考えなかったのだと思う。きっとそうだ。

敏彦の手を借りて立ち上がり、ソファーに腰かける。

敏彦が座るためのスペースを空けたが、彼は床に散乱した紙を拾っている。

「それ……」

「ああ、プリントアウトした紙。見て、もう何も書いてないよ」

敏彦が見せてきた紙には、確かに何も書かれていない。まったくの白紙だ。

「またさらに『お前が言うな』って感じの発言をするけど、確かに本当にあっけなかったね。何か感じる？」

「いいえ、何も。完全になくなりました」

私は彼に、押し入れのことは話していない。この能力を獲得するに至った経緯も。生まれながらの変わり者で、不思議で、特殊な存在だと思っていてほしい。親の愛を求め続ける哀れな子供であることに、気づかれたくない。

「よかったー」

「よかったー、じゃないんですよ、あなた。こうやって危ない目に遭っても、対処できないんですから、あまり自ら首を突っ込まないで下さい」

「そうだね。もう若くないし」

敏彦はまったく反省していない様子でそう言って笑った。それ以上のことは不要、という感じで、「そう言えば最近映画観たんだけどさ、ストーカー女の話で」と新しい話題に移行する。

「私、あなたがモテるのって全然分からなかったのですけれど」

彼の目を見る。長い睫毛《まつげ》がきらきらと光る。彼は首を絶妙に倒して、

「急に何。というか、『モテるのが分からない』なんて初めて言われたかも。俺、抜群に顔の造形がいい自信があるけど」

「それはそうです。地球上にあなたより顔が綺麗《きれい》な人間って存在しません。ですけれど、それだけじゃないですか」

「それだけって。ひどいなあ」

敏彦はそう言いながらも、特に何か思っているわけではないようだ。それでも、一応謝っておく。

「言葉が過ぎました……いえ、足りませんでしたね。きちんと説明すると、ふつう、顔が綺麗なだけではモテたりしないってことです」

「こんなに顔が良いのに？」

敏彦はわざとらしくおどけたような口調で言いながら、自分の顔を指さす。目も口も鼻も、古今東西の芸術家が辿《たど》り着く頂のような造形だ。まったく冗談になっていない。

「ええそうです。むしろ、顔が強烈に美しいことは、恋愛においてデメリットにさえ

なるはずです。私が異様に醜いのと同じように」

「るみは別に醜くないでしょ」

敏彦は右手を伸ばし、止める間もなく私の頬に添わせる。つるつるとした、冷たい石のような感触が、頬の上を行ったり来たりする。

「ふふ、丸くて可愛い。何度も言うけど、別に他人と差なんてほとんどないと思う。醜いとか、思い込みだから」

私は彼の手を振り払った。おかしくなりそうだった。このままだと、彼に抱き着いてしまいそうなのだ。そんなことをしたら、バレてしまう、ごく普通の人間だということが。

私は努めて冷たく言う。

「余計な口を挟まないで下さい。そりゃ、あなたからしたらあなた以外は全員同じような顔でしょう。そういうことではなく、一般論です。一般的に、極端に美しいのも、極端に醜いのも、異質なものです。人間は自分の姿に近いものに親しみを持ちます。つまり、恋愛対象にはならないはずです」

敏彦は納得はしていないようだが、口を結んで私の話を聞いている。唇がふっくらとしていて、綺麗で、眩暈《めまい》がしそうだった。私は視線を彼から外して続ける。

「なので、あなたは恋愛というよりは、尊いものとして、崇拝されるはずなんです。

それでも、あなたのことを好きだという人は多かった。色々な人間から強烈なアプローチを受けて――それは、今回も」

「いつも助けてくれるよね。ありがと」

敏彦の指が私の髪を弄《もてあそ》んでいる。もう振り払う気持ちにならない。動いてしまったら、動揺が伝わってしまう。

「いえ、そんなことは……だから、何が言いたいかというと、どうしてかと思っていたんです。こんな仕事をしていますから、どうしても考えるのは、あなたが人間ではないという方向のことです。魔力とか、そういうものかなと」

「父親は外科医で母親は薬剤師。俺はそういうやや裕福な家庭に生まれた塾講師。ごく普通の人間だよ。霊感が多少あったところで、るみと違って霊は祓《はら》えない。人間、完全にただの人間」

「分かっておりますよ。分かっております。あなたは、ただの人間です、信じられないことに。とにかく、あなたのモテる理由、分かったんですよ。あなたって、踏み込んでこないじゃないですか」

敏彦は一瞬驚いたように目を見開いた。白目が青みがかっていて綺麗だ。

「だいぶ興味津々な方だと思うけど……色々質問しても嫌がられないから自分の顔めちゃくちゃ便利だと思ってるし」

「違います。あなたが興味があるのは、起こったこと。人間が何を思ってそうしたのかには——正確に言うと、暴かれたくない内面を暴くような真似をしないってことです」

「そうでもないよ。それってさ、るみが俺のこと好きだからそう思うんじゃないの」

そう言いながら敏彦は、私の背中に手を添える。ぶよぶよとした脂肪に指を沈み込ませて、満足そうに笑っている。醜悪な光景だ。こういうことをされていいのは、若くて美しい女だけのはずだ。私はどちらでもない。

「いえ……その……だって、私がどうやって、お祓いをしているのかなんて、聞いてこないじゃないですか」

「うーん、聞かないのは、ある程度推測がついてるから」

青山君のことを思い出す。彼は、私が押し入れについて語ろうとしたとき、「無理に話さなくていいです」と言った。「話したくなったら話してください」と。まっすぐな目で。

敏彦は私の話を聞いているのかいないのか分からない。素晴らしく美しい笑顔のまま相槌《あいづち》を打ち、髪や顔やその他の体の部位を撫《な》でている。

信じられないのは、私がそれを覚えていることだ。彼の尊い指が私のごわごわとした髪の間を通り、耳朶《みみたぶ》に触れ、首筋を通り、体じゅうを辿ったことを。私は彼と口づけを交わし、お互いの体をまさぐり合って、そして。

　吐き気を催す。私はそんなことをしていい人間ではない。絶世としか言いようのない美貌《びぼう》を持つ男と、そんなふうになっていいわけがない。それでも、記憶だけはある。

　青山君に会いたい、と思ってしまう。自分でもどうしてか分からない。敏彦が悪いのではない。自分が気持ちが悪いのだ。今すぐこの、致死量の美しさを放り出して、事務所で彼と話したい。コンタクトを外して、灰色の服を着て、彼の作った甘い飲み物を思い切り飲み干したい。それで――

　口元が濡《ぬ》れた。涎《よだれ》が糸を引いて、唇の端から顎《あご》まで垂れていく。

　吐き気が止まらない。気持ちが悪い。信じられない、自分のことが気持ちが悪いと思っていたら、本当に。この涎は、嘔吐《おうと》の前哨戦《ぜんしょうせん》だ。

「私、ちょっと」

「大丈夫？」

　敏彦が私の背中を優しくなでる。

　立ち上がりかけた私の足から力が抜ける。

「こういうの、どれくらい気持ちが悪いものなのか、男には分からないからなあ。あ、女でも同じかな。だいぶ、個人差あるっていうし」

　敏彦は立ち上がって、私の背中に当てた手とは反対の手を私の脇に差し込み、ゆっくりと立たせた。「よいしょ」と力を入れたときの腕に血管が浮き上がり、この美しい生き物も男性であるのだと思い知らされる。

「重いですから……」

私がそう言うと、敏彦は、ふ、と息を漏らして笑った。そして、冗談めかして言う。

「そりゃそうですよ。もう一人の体じゃないんですから」

不快でどこまでも濁った音が聞こえた。その醜い音を発したのは私だ。私の、嘔吐の音だ。

私は妊娠している。


「一人になりたいので」

絞り出すように言った私に、敏彦は「そう？　なんかあったら呼んでね」と軽く言って、部屋から出て行った。きっと、私は彼のこういう、一種の冷たさを見て、これくらいドライな性格なら付き合っていけると思ったのだろう。毎日毎分毎秒、美しさに焼かれずに済むと。大きな勘違いだ。

そう考えて、また吐き気が込み上げる。もう、胃の中には何も残っていないのに。

気持ちが悪い。自分がひとさまの良し悪《あ》しを判断するなんて。そんなこと、考えることすら分不相応でおぞましい。

　しかし、受け入れなければいけない。私は今、妊娠している。片山敏彦の子供を。記憶がない、とは言えない。思い出そうと思えば思い出せるのだ。『強度近視でよかった。この顔を直視したら私は死んでしまっただろう』、そんなことを思ったことも。どうしてここまで、現実味がないのだろう。

　私が子供を作ることを選択したということが、ありえないことなのだ。

　青山君に聞いたことがある。

「子供は好きですか？」

「はい、好きですよ。可愛いと思います」

「可愛い……それは、自分の子でなくても？」

「ええ、そうですね。どういう子供でも、可愛いと思いますよ。まだ想像もできないですけど、もし、自分の子供だったら、余計可愛いかもしれません」

　私はそうは思えない、とは言い返さなかった。青山君には知られたくなかったのだ。自分が捨てられた子供であるということを。きっと私は自分の子供を可愛がれなくて、親と同じようなことをしてしまうから、そんな子供を増やしたくはないのだと、言えなかった。

でも、もし言っても、大丈夫かもしれないとも思った。きっと彼は私の言葉を否定しない。どうすればいいか考えてくれる。それで――

なぜ青山君のことを思い出すのだろう。考えなくてはいけないことは、今、腹の中にいる、敏彦の子供のことだ。

一体私はなぜこんなバカげた選択をしたのだろう。あり得ないことだ。

性欲に負けたのか、敏彦が「子供を作ろう」と言って、その言いなりになったのか。どちらにせよ、結局は私の選択で、私が責任を取らなくてはいけない。

ベッドに横たわり、フルーツ味の飴玉《あめだま》を口の中で転がしていると、吐き気だけは治まってくる。

「どう？　少し良くなった？」

すべて見ているかのようなタイミングで敏彦が声をかけてくる。寝室のドアが開き、敏彦が水を持って入ってくる。

「少しは」

「少しでもマシになったんならよかった」

水を受け取って少量ずつ飲む私を、敏彦は柔らかい表情をして見守っている。

「信じられません」

「え、何が？」

「私が……妊娠しているということです」

「それ、ずっと言ってるよね」

敏彦はベッドサイドに腕時計を置いて、私と同じように寝転がった。焦げ茶色の髪が、シルクのシーツにぱらりと広がる。

「男には体験できないことだから、何を偉そうに、って思ったらゴメン。でも、妊娠してるのが信じられない、違和感ある、みたいな妊婦さん、多いらしいよ。見た目も大きく変化するけど、見た目よりも」

「そういうことではありません」

思わず語気が強くなる。

「違和感ではありません。私が、妊娠しよう、子供を作ろうと——作っても育てていけると考えたことが、信じられないのです」

敏彦は私の方に顔を向ける。正面から見つめられると気を失いそうだ。どうしてこんなに魅力的に顔を傾けられるのだろう、と思う。

「ああ、そっちねえ」

敏彦は合点がいったように、

「大丈夫だよ」

と言った。

「大丈夫だよ、虐待の連鎖は、何も全員に起こるわけではないから。俺だってしっかり見るし」

「は……」

どうして、彼が知っているのか。誰にも言っていない。虐待を受けていたという話は。百合子が、養母であるという話は、誰にも。

私の顔を見て、敏彦は一瞬、「しまった」というような顔をする。しかしすぐに元の表情に戻って、

「ごめんね。言う必要なかったね」

「どうして、知ってるんですか……」

「ううん、そうだね。子供だって生まれるんだし、正直に言おう。今回ばかりは、ストーキングして調べたわけじゃない。でももう、十五年以上の付き合いだから、分かるんだよ。他人への態度、親ってものに対する不信感、あと、そうだね、百合子さんとの会話、とかからも」

助けて、と叫びたかった。誰かに助けてほしかった。

敏彦は内心に踏み込まないのではない。既に知っていたのだ。知っているから、踏み込む必要がなかった。

彼が悪いのではない。彼は気づいただけだ。私のおかしな立ち居振る舞いから読み

取ってしまった。

私がどういう生い立ちの人間であるのか。

敏彦は素晴らしく形のいい唇を動かして、何やら言っている。大切なことなのかもしれない。もしくは、聞かなくていい、いつもの何の意味もない、敏彦が言っているから意味を持つだけの言葉かもしれない。どちらでも構わない。

敏彦の手が頬に触れる。体が近づいてきて、私の顔が彼の胸に嵌《はま》り込む。体が温かく、脳天を突き破るような興奮が押し寄せる。それでも、心の奥の奥、核のような部分が冷えて、今すぐ死んでしまいたいと思う。

鼓膜を溶かすような声で名前を呼ばれる、私は、

——まだ

声が聞こえた。敏彦の声ではない。誰の声かも分からない。

敏彦の指がシャツの裾《すそ》を掴《つか》み、ゆっくりと捲《まく》り上げる。脂肪で埋まった鎖骨に添わせるように指が這《は》う。

——まだ

私の右腕は力なく震えて、それでも、どうにかして、敏彦を、押し入れの中に、

——まだ

にんぎょひめのおねえさんたちが言いました。

「まじょから、ナイフをもらってきました。これで王子さまのしんぞうをさすのよ。そうすれば、あなたはにんぎょにもどれるわ。にんぎょにもどって、わたしたちと、海にかえりましょう。」

にんぎょひめはおねえさんたちからナイフをうけとって、ねむっている王子のしんぞうをさそうとしました。

でも、にんぎょひめは、どうしてもできませんでした。

あいするひとのしんぞうは、どうしてもさせませんでした。

にんぎょひめはナイフを海になげすてました。

「さようなら、おねえさん。さようなら、王子さま。」

そう言って、にんぎょひめは海にとびこみました。

からだが波にさらわれ、にんぎょひめはあわになっていきます。

〈おまえが王子とけっこんできなかったら、二どとにんぎょにはもどれないよ。もちろん、人げんのままでもいられない。おまえは海のあわになって、波にきえてしまうんだよ。それでもいいんだね。〉

まじょの言っていたことは、ほんとうのことだったのです。

にんぎょひめは自分のからだが、もうほとんどあわになっていることにきがつきました。

「きれい。」

海に光がさしていました。

あわになったにんぎょひめは、きらきら、きらきらかがやいて、たいようのもとにのぼっていきました。

第三章　道徳論的証明

『大人になれってうるさい。分かってるよおかしいことなんて。二十歳になったら自動的に毒が消えると思ってんの？　なんも分かんねえ外野は黙ってろよ。こっちは必死で死なないようにしてんだから』

　親指で投稿ボタンをタップする。すぐに「いいね」がいくつもつく。少しだけ笑顔になれる。

　またスマホが鳴る。今度はリプライだ。

『毒親持ちは可哀想ですが、あなたがうるさく言われるのはあなたの性格が原因では。可哀想ですが毒親持ちは他人に迷惑をかけていいという理由にはなりません』

　体が震える。背中から指先まで冷えていく。

「うるせえ！」

　顔がかっと熱くなって、目がちかちかした。

『私は親に死ねと言われて殴られながら育ちました。死なないように必死でした。それでもふつうの人と同じ事しろってそれでも言うんですか？　どうやって？』

『あなたの投稿見ましたけど、いちいち他人につっかかっていって、言い返されたら病気とか、親のせいにしてますよね？』

『あなたは何も知らないと思いますけど、色々されたんです。被害者なのに、何も言ったらだめなんですか？』

『やりとりも全部見てますけど、どう考えてもあなたが変ですよ。なんにでもキレて暴言吐いて、色んな人と揉《も》めてるじゃないですか。あなた自身、あなたの毒親と同じことしてますけど』

『分かりました。毒親と同じでどうしても迷惑かけてしまう性格なので、さっさと死にますね』

震える指でそう打ってから、手探りで安全ピンを探す。それは、もこもこのマットの下にあった。

死ね、死ね、死ね、死ね、死ね、死ね死ね死ね死ね死ね死ね死ね死ね死ね死ね。

何度もそう言いながら、太腿《ふともも》の内側をめちゃくちゃに刺す。死ぬつもりがないわけじゃない。手首だって切れるなら切りたい。でも、リスカはもうやめた。もう切る場所がないから。ああ、風呂《ふろ》に入りたい。風呂に浸《つ》かって、それで死ぬんだ。

私の言葉をみんなが見たからか、たくさんたくさん、クソみたいなリプをしてきた人間に、批判がついている。『毒親持ちに毒親とそっくりって言うなんて最悪』『粘着キモい』『メンタルのヤバい人間をいじめるな』。そうだ、謝れ、謝れ、謝れ。謝って、恥をかいて、私が傷付いた分だけ、いやそれよりもっと、深刻なダメージを負ってほしい。

画像検索して、個人ブログを探す。入院している人の写真。病院の写真。それを加工する。

しばらく投稿はしないで、一週間くらいしてから、加工した写真を上げる。

『緊急搬送されました』

そんな感じのメッセージを添えれば、私が、死ぬくらい傷ついて苦しんだと分かってもらえる。それで、こいつはもっともっと責められる。

うまくやらなきゃいけない。前のアカウントのときは、拾い画像がバレて、バカにされた。私をディスってきたやつは、ますます調子に乗って、「虚言癖」とか言ってきた。

虚言癖なんかじゃない。嘘なんてどこにもないだろ。私は被害者だ。毒親持ちなのに、毒親とそっくりとか、一番言われたくないこと言われて傷付いた。お前が傷付けた。真実でしかない。私はいじめられた。なんにも知らない、普通の親を持ってる恵まれた人間は無神経で、いつも加害者だ。

スクロールする指に力が入る。良い感じの、目立たない、誰も気付かないような画像はないか――

スマホが振動した。

『今日、どう？』

今日は死ぬほどだるい。本当は全然行きたくない。でも、この人は正直、誰も相手にしたくないくらい体臭がひどいから、マジで私以外相手がいなくて、だからこんなババアになってもずっと連絡してくれるし、めちゃくちゃ金払いもいい。臭いが最悪なだけで、暴力とかきついことも頼んでこないし、無駄に食事とか誘ってこないで、終わったら帰ってくれる。

自分の鼻を触る。

二年前鼻中隔延長しすぎて、かなり下がり鼻になってしまった。二年前だったらこれでもよかったけど、今は流行《はや》ってないから、もう少しアップノーズにしたい。

『行けますよ。何時がいいですか』

うさぎのスタンプと一緒に送る。私はこのうさぎがなんて名前のキャラなのか知らないし、あざとくてムカつくから全然好きじゃない。でも、若い子がみんな使ってるから、年齢を誤魔化すために使ってる。

三十過ぎてから、自分の歳のことはなるべく考えたくない、と思って生きている。

でも、考えないようにしようと思えば思うほど、ずっと考えてしまっている。

シワがめちゃくちゃ嫌で、肌治療を繰り返していたら、つるつるになったけど、自分でもちょっと不自然だと思う。「肌やりすぎだよ、ビニールになってんじゃん」と笑われたこともある。でも、私の周りのどうしようもない奴らはみんな整形してて、若くてもババアでもこういう子が沢山いるから、ババアでも若い子と見分けがつかなくなってる。私だって今の自分が天然美人に並べるなんて思ってないけど、不自然でもキモくても、元々の顔よりは全然マシだし、それでいいかな、と思ってる。

そもそも、結婚相手でも、彼女でもない、ただヤるだけの相手が不自然な顔かどうかなんて、男は気にしないっぽいし。まあ、そんな男でも、きっと無整形のときの私のことは、相手にしなかっただろうけど。

頭がぼうっとする。夜ずっとスマホ見てたからかもしれないけど、昼間は基本寝てるんだし、睡眠時間は足りてると思う。なんでこんなにぼうっとするんだろう。

朝ごはん食べないと頭働かない、みたいなことを小学校の先生が言ってたことを思い出す。とりあえず、豆乳クッキーを口に入れる。やっぱりクソまずい。韓国通販で買ったけど、すごく硬くて味がないから、一袋開けて捨てて、残りはずっと放置していた。食欲を抑える、みたいなことが書いてあったけど、まずいから食べたくなくなるだけなのに食欲を抑える効果があるなんて言っていいの？　と思う。嘘じゃん。世の中は嘘ばっかり。

とりあえず口だけもごもご動かしていると、少しだけ頭の「ぼうっ」がなくなる。ほんのちょっと働き始めた頭で、小学校の記憶を思い出す。死ぬほどいじめられてた。ブスで汚いから人間扱いしてもらえなかった。朝ごはんの注意なんかするより、イジメを止めろよ、と思う。あの先生の名前が思い出せたらネットで晒《さら》してやるのに。

死ぬほどまずいクッキーを二枚食べたあと、刺した太腿に絆創膏《ばんそうこう》貼って、歯磨きをして、メイクをする。今日の人はすごく気が弱い。きっと私と同じで、いじめられてたんだと思う。ブサイクで、臭いから。そういういじめられてきた人は、あんまり強いメイクは好きじゃない。だから、あんまりシェーディングはがっつりやっちゃいけない。アイラインを垂れ目に引いて、涙袋はこれでもかっていうくらいぷっくりさせる。この年齢だと痛いかもしれないけど、仕方ない。

持ってる中で一番地味なワンピと、うすピンクのバッグ。どっちも韓国通販で買ったすごい安物だ。やっぱりババアだからこれも痛いけど、どうせ男は女のバッグなんて分かんないし、夜だし、こういう終わった女がうようよいる街を歩くんだし、気にしないことにする。

家を出る。階段を下っていると、建物のボロすぎる壁が目に入って、なんかいつも空《むな》しい気持ち。でも、エレベーターがない物件を選んだから、こういう感じなのは仕方がない。

大声で騒いでる人とか、動画撮影してる人とか、とにかく下品な感じの人間ばっかり歩いている。私ももちろん、下品な人間の一人だ。でも、撮影は怖い。

前、呼び止められたとき、自称配信者に、ネチネチ色々聞かれて、とにかく馬鹿にされた。案の定、その後ネットに晒されてて、私がボソボソ喋《しゃべ》るとか、整形顔とか、頭悪そうなこと言ってるとか、誹謗《ひぼう》中傷コメントがたくさん書き込まれてた。配信者を名乗った男の動画は全体的に素人を捕まえて、インタビューして、馬鹿にするという内容のものだったからだと思うけど、チャンネル自体が凍結されて、動画も自然に消えたのはラッキーだった。でも、こういう最悪な男しかいないんだから、また同じことが起こるかもしれない。

動画撮ってる人を見たら下を向いて早足で通り抜ける。

そんなふうにして歩いて、私は待ち合わせ場所の公園についた。

公園には、私と同じような、まともじゃなさそうな見た目の女が沢山いるから、それだけでもちょっとは安心できる。まともな人間だったら、地面に直接座って、お薬なんて飲まないと思うし。でも、私よりはちょっとまともかもしれない。だって、お薬なんて分けてもらえる友達、いないし。羨《うらや》ましいけど、それよりも友達なんかめんどくさいって気持ちがあるから、仕方ないことかもしれない。

大体、薬って全然効かない。精神科《メンクリ》クリニックに行っても、効かない薬出されて、カウンセリングとか受けさせられるだけ。カウンセラーなんて、恵まれた側の人間しかいないし、私の気持ちなんて分かんない。ムカつく説教するか、分かったような顔して共感みたいなことするだけで、マジで全然治らない。他にも、若い頃はギリギリ知り合いがいたから、その人のアドバイスで宗教とか、そういうのも試したけど、結局なんの意味もない。おかしいまんまで、いつも死にたいけど、別にもう、どうでもいい。

少しずつ間を空けて立っている女の子たちを見まわして、それで、「ヤダ」と声が出る。街がガヤガヤしてるから聞こえなかったと思う。思いたい。気づいてることを気づかれたくない。

本当に嫌だった。

あいつ、またいる。

あいつは、目がアニメみたいにデカくて、鼻はほとんどないみたいに小さくて、口は大きくて歯が真っ白だ。多分、男か女かで言えば、女だと思う。髪が長いから。最近ずっと、付きまとってくる。

最初に見つけたのは、新宿《しんじゅく》駅の近くだった。

人の紹介で会う初めての人を見つけるために、私は、少し遠くから、貰《もら》った写真と同じ人を探した。

待ち合わせ場所は広い歩道だから、その時間は路上ライブをやっていて、しかも妙に人気のある奴だったみたいで、人が集まっていた。

視力が悪いから、全然見つけられない。何度も目を擦《こす》って、左から右へ移動させて、写真の彼を探す。

そうやって、何度も目線を行ったり来たりさせていると、私はなんだか、気分が悪くなっていることに気がついた。体調が悪いとかではなく、なんだか、嫌なものが近くにあるみたいな気持ちの悪さ。

でも、そんなことより、そのときは、写真の人を見つけなきゃって必死だった。

気を取り直して、もう一度、歩道を眺めまわす。

「いた」

声が自然に出ていた。そうすると、もう、はっきりと見えてしまう。

目が顔の半分くらいある、と思った。それで、鼻は全然ない。口は大きくて、口角が上がっているから、笑っているように見えるけど、多分そういう口なだけ。

気持ち悪い。整形失敗とかじゃない。バケモノだ。人間でこんな顔の奴はいない気がした。

そういうバケモノが、だるっとしたシャツとパンツを着て、遠くに立っていた。全部真っ白で、気持ち悪い。

「ねえ」

突然、声をかけられて、私はぎゃあとか、全然可愛くない声をあげた。

「さっきから、手振ってるのに」

不満そうに言ったのは、肌が日焼けしている、眼鏡の男だった。写真とは全然違って、チビでブサイクだったけど、直前に怖いものを見たから、ちょっとだけ安心した。

「見つけて手振ってるのに、無視しないでよ」

「あ、ごめん、なさい……」

私は途切れ途切れに謝った。こんなことを話しても、仕方がない。信じてもらえるとも思えない。

結局その男とホテルに行った。

「ねえ、ほんとは何歳なの？」

男にそう聞かれる。

「ほんとって何？　25歳だって書いたでしょ」

「ふうん、そうなんだ」

男は馬鹿にしたみたいに言った。

「マスク外すとさあ……ま、いっか」

「テメエ何が言いたいんだよ」

私はこういうのに慣れてる。男の外した眼鏡を手で握り込んで、

「文句あんのか。テメエ先に金払えよ」

「いや、お前」

男は明らかに動揺してた。普通の女と出会えないから金で女買ってる弱いおっさんのくせに、マジで生意気だと思った。

「早く画面出せって。送金しろ。そうじゃないと眼鏡壊すよ、ふつうに」

「テメエ、そんなことしたら」

「何？　殴る気？　別にいいけどそしたら警察も呼ぶからな」

自分のスマホを見せる。緊急通報用のボタンはいつでも押せる。

三十過ぎてから、段々歳誤魔化せなくなって、こんなに払えないって言われたり、金払わないで逃げようとされることが増えた。先に金は払ってもらうし、逃がさない。

男は死ぬほど嫌そうな顔で決済アプリの画面を出して、こっちに向けて来る。

「しっかり見せろよ、小さい男だな」

そう言いながらスマホで画面を撮る。これでもう大丈夫だ。眼鏡を返してやった。

もちろんもう、そんなことをする気分ではないみたいで、男はごちゃごちゃ、ブスとか整形ババアとか売春婦とか、そんなことを言いながら出て行こうとする。ドアの

ところで盗撮しようとしてるのが分かったから、顔を隠しながら蹴《け》り出す。ほんとに頭悪い。貧乏な上にバカとか救えない。数万ぽっちで、あんなキモいおっさんが写真どおりの可愛くて若い子とヤれるわけないのに。

ベッドに寝そべって、スマホで検索する。泊まり込みで、相手探してる、弱い男がいないかな、と。今日中にもう何万か貰えたらいいので、あと一人くらい引っかけられないかな、と。

風俗やめなきゃよかったかな、と思ったりもする。あと、たまにいる物好きの客が、結婚しようとか、愛人になってくれとか言ってきたから、そういうのに乗ればよかったかな、とか。若さって財産だ。若さだけで金に換えられる。

「もう人生やめたいなー」

誰もいないから、大きい声で言う。

「今度は爆美女に生まれたいな」

そんなこと言って、自分で笑う。ホントは、今度なんていらないからだ。二度と生まれたくない。爆美女でも大して変わんないと思う。だって、美人だから優しくされるのなんて、ブスだからいじめられるのとおんなじじゃん。最初から美人だったらそれ気づかないでボヤボヤッとお花畑で生きれるんだろうけど、もう、ブスで人生過ごしちゃったから、そういうの知っちゃったから、やり直しても無駄だよ。

大声で笑って、そのあと、何か、声が聞こえたような気がした。聞き逃すくらい小さい声。多分、女の。

壁が薄いから、声が漏れることなんてよくあるけど、不思議と気になった。

「だ」

今度は、もう少し大きく聞こえた。

なに、と言う前に、

「まだまだまだ」

そう聞こえる。

全身が緊張する。手が震えて、スマホを落とす。

「まだ　まだまだ」

隣の部屋じゃない。はっきり分かった。声が近すぎる。耳元で言われてるみたいに聞こえる。それなのに、全然見えない。

「まだ」

耳を塞《ふさ》いで、布団を被《かぶ》る。でも、ずっと聞こえる。

まだ。まだ。まだ。まだ。まだ。まだ。まだ。

「ヤダッ」

私の喉《のど》から声が出たのと同時に、背中に何かが降ってきた。痛い。声も出せない。

目も耳も塞いで、背中とか、全部に何か当たって、とにかく痛くて――それが終わったのは、誰かが部屋に入って来たからだった。

「どうされましたか⁉」

私は、うう、とか、ああ、とか、呻《うめ》き声しか出せなかったけど、それで「人がいる」って気づいてくれたみたいで、助け出してもらえた。

部屋の中は、あり得ないくらいものが飛び散っていて、テレビとか、フロント連絡用の電話とか、壁に釘《くぎ》打ちされてた棚とか冷蔵庫までめちゃくちゃに飛んでいた。私の上には、間接照明と、オーディオ操作用のデッキが乗っかっていたみたいだった。

私を助けてくれたフロントの人は驚いた顔で、

「警察呼びました……」

とだけ言った。

最初は、私が部屋の中で暴れまくってる、もしくは、一緒に泊まりに来た人と揉《も》めてるって思ったみたいだけど、私は一人だし、埋もれてるし、色々飛び散ってるしでさすがにそれはない、って分かってくれたみたいで、よくわかんないけど事故が起こった、と思ったみたいだった。

警察で話を聞かれたけど、

「急に物が降ってきました」
としか答えられなくて、やっぱり少し疑われてたみたいだけど、割とすぐ帰しても
らえたし、その後ホテルから弁償しろって言われることもなかった。
その後何回も、こうやって、ホテルとか、もっと別のところでも、「まだ」って聞
かれることがあった。
いつもおんなじで、顔の半分くらい目があって、口がでかくて、その口から「まだ
まだまだ」って聞いてくる。それで、その後、ものが飛び散る。
警察には、聞かれたら、分かんないって言った。それだけじゃ済まなくて、疑われ
て、家まで押しかけられたこともある。でも、私は「分かんない」って言ったし、証
拠もない。そう、証拠がないだけ。正直、私には、心当たりがあった。
風俗の仕事してるときも、こういうことはあったから。
プレイ中とか、事後とか、待機時間とか、全然関係なく、こういうことはあった。
私はマジで何もしてないから、警察に答えたのと同じように、何もしてないですって
答えるんだけど、やっぱり私にばっかり起こるから、店をクビにされたこともあった。
だから私は、マジでマジで何もしてないんだけど、心当たりだけはある。だから、
どっちかっていうと、正体が分かった、っていう感じだった。
この、キモい、付いてくるやつが、部屋のものを飛び散らせている。

店とかホテルに迷惑かけたのなんて数えるくらいで、家のものが飛び散ることの方がずっと多い。本当に本当に、しんどい。

このしんどい原因が分かったからって喜べない。だって、このキモいやつは、人間じゃない。

私は、昔から、人間じゃないやつらが見える。

幽霊だけじゃないと思う。テレビのホラー番組とかでやってるのは、長い黒髪の色真っ白な女が多いけど、そういう元は人間だって分かるやつだけじゃない。元は人間じゃないやつも見える。大きい犬とか。

霊感があるっていうやつなんだと思うけど、あんまり人に話したことはない。小学生のときはそういうの分かんないから、電柱のとこにおじさんがいるとか、トイレから手が出てきたとか、そういうこと言って、それで馬鹿にされて、もっといじめられた。ムカつく。本当のことなのに、嘘吐き呼ばわりしてきて。でも小学校の経験で、誰に言ってもどうせ、馬鹿にされるだけなのは分かってる。

元は人間じゃないやつは話しかけてこないことが多いのに、あのキモいやつは話しかけてきたから、かぎりなくバケモノに近いけど、やっぱ幽霊かもしれない。どうでもいい。どうしたらいいか本当に分かんなくて、絶望しかない。

今日会う人には切られたくないし、変なこと起こらないでほしい。もちろん、怖い思いもしたくない。どうしてあんなに、怖い見た目してるんだろう。本当に、どうして私ばっかり、こんなひどい目に遭うんだろう。

昔働いてた店のスタッフの男が、同じ体質だったことはあった。受付のカメラに女の人が映ってて、こういうとこで働いてる子と違ってすごい地味な恰好《かっこう》してたから、私は誰だろうって思って、隣にいた女の子に「あれ、誰だろうね？　体入かな？」って言ったら、「キモいこと言わないでよ。誰もいないいじゃん」って言われた。まずかったな、って思ったら、近くにいたスタッフの男が、「ちょっと来て」って言ってきて、なんか説教されるのかなとか思ったら、「俺も見えるんだよね」って告白された。

そいつも、昔から色々見えて、嘘吐き呼ばわりされたって言ってた。

「もし、ガチで困ってるんだったら、俺、いい場所知ってるっすよ」

別に困ってることはなかった、っていうか、いつも困りすぎてて、「ガチ」が分かんなかったからその時は行かなかった。

でも、あのキモいやつを見た日に、もしかしてこれは「ガチ」ってやつかもしれないと思って、そいつからもらったメモを引っ張り出して、その住所に行った。教会だった。

実家の近くにも教会があって、クリスマスの日に恵まれない子供たちに～とか言って食料配ってたことがあって、行ったことがある。地元は貧乏人ばっか住んでるから奪い合い系のトラブルが起きたらしくて、次の年から配らなくなったけど、そんなに悪い印象はなくて、ちょっと嬉《うれ》しいまであった。ホテルで神父がモンスター倒す映画も観たことあったし、そういう感じのイケメンがいるのかも、って期待もしてた。

実際出てきたのはまあ、俳優ほどではないけど、イケメンと言えなくもない感じの男だった。多分、十歳くらい年下だったと思う。背は高くないけど、ハーフ顔。

そいつはなんとなく優しい感じだったから、私はつい、色々話してしまった。最初は、あいつが見えて、家具とかがめちゃくちゃに飛んで困ることだけ話すつもりだったのに、小さい頃、虐待受けてたこととか、めちゃくちゃいじめられてたこととか、風俗のこととか、整形のこととか。

「ブスに生まれて虐待されて、そんで、死ぬほど努力して金稼いで、見た目にも金掛けたけど、結局中も外もブスのまんまで、親そっくりでキレやすいから人とも上手《うま》くいかないし、死にたいんですよね」

「その……病院に、行ったことは」

「行ったけど、眠くなって、食べたくなって、太る薬しかくれないんで。あと、高いし。どうせくれるんだったら、苦しまないで死ねる薬がほしい」

「そんなことを言っては、いけませんよ」

私は男の顔を見た。薄茶色の目がうるうるしてて、今にも泣きそうだった。

「自分のことを、不美人だというのも……そんなことはありません。もしそうだとして、人間の見た目なんて、些細《ささい》なことです。大切なのは」

「待って」

私は聞いたことが信じられなくて、男の言葉を遮った。

「ササイ……？　ちょっとのこと？　ちょっとのことって、言ったの？」

男は大きく頷《うなず》いて、

「ええ。些細な、ほんのちょっとのことです。見た目なんて、どうでもいいことです。そんなことより、心の力の方が」

ぐだぐだぐだぐだ、意味ないこと言ってた。アイドルの歌の歌詞みたいで、本当にきれいごとで、うんざりすること。

そいつは、顔が整ってた。多分、十人の女の子に告白したら、七人くらいは速攻でOKしてくれると思う。もちろん、整形なんてしたこともないと思う。目が大きくて、鼻が高くて、肌が白くて、歯並びがきれいで、髪の毛も目もきらきらした明るい色で、背は高くなくても足が長くて。私と全然違う。持ってる人だ。生まれつき。

「ふざけんなよ。なに上から説教してんだよ」

そう言うと、そいつは焦った感じで、

「上から？　そんなつもりは……不快に思ったら、すみません。ただ、世の中のことを、悪く受け止めすぎているかな、と思っただけで」

「私が悪いって言いたいんだ？」

「そんなことは……」

「言ってるよね。私が、悪く受け取っちゃうからいけないって言ってるんでしょ？」

「いけないなんて言って」

「言ってんじゃん。虐待も、イジメも、じゃあ全部私が悪いってことね？　私が悪く受け取らなければ、それだけで済むんだもんね？　親も、学校の奴らも、みんな、そんなつもりじゃなかったんだもんね？　私がなんでも悪く受け取って、勝手に傷付いて、勝手に病んでるってことでしょっ」

そこで、大きい音がした。ちょうど見上げたところにある、ステンドグラスが割れていた。なんか、砕けちゃった天使を見てたら泣けてきて、これ以上このきれいな場所をめちゃくちゃにしたくなくて、走って逃げてきた。

そう、逃げた。ああいう、きれいなものしか見ないで育った人が、ああいうこと言うことはよくあった。そういう奴らもみんな、優しい感じだった。多分実際、あいつは優しい人間だったんだと思う。ネットの奴らみたいにバカにしてきたりしないし、親とか客みたいに、少しでも多く奪おうともしてこない。でも、私は、もうこれ以上優しくて正しくてきらきらしたものに傷付けられたくなくて、逃げた。

最悪な思い出。でも、本当に本当に、よくあることだから、なんであいつのことだけ覚えてるのか分かんない。カウンセラーにも似たようなこと言われた。多分あっちが普通で、私が異常。でも、いつも思い出すと悲しくなる。ネットの奴らはすぐ「カウンセリングを受けて医療に繋《つな》がってください」とか「お祓《はら》いとか行った方がいいよ」とか言ってくる。でも、私は医療にも、宗教にも、助けてもらえなかった。

思い出さなきゃよかった。無駄に涙が出て来る。なんか拭《ふ》くもの無いかなと思って、バッグを漁《あさ》っていると、

「あ、ゆ、ゆうちゃん」

顔を見なくても誰だか分かった。

洗ってないパンツみたいな臭い。

「コージさん、こんばんは」

あいつはいなくなっていた。見えなくなっただけかもしれないけど。

「ま、待った？」

「全然待ってないよ」

「行こうか」

私は頷いた。このやり取りだけ見たら、ふつうのカップルみたいかもしれない。キモい男と、キモい女のカップル。それで、私みたいな子供産んだりする。最悪。妄想

でも、やめればよかった。

コージさんが一番良いのは、無駄に喋《しゃべ》ってこないこと。話が下手な自覚があるんだと思う。男が気持ちよくなること言って媚《こ》び売れば、ババアでもブスでももっと客が取れるらしいけど、私も頭悪くて話が下手だし、キモい男に「かっこいいね」とか絶対言えない。私も黙ってついて行って、ホテルに入る。ここは受付に人間がいないから、多分同じようなことしてる奴らに大人気だと思う。

「じゃ、先にシャワー浴びてきてよ」

私はそう言う。コージさんのことは嫌いじゃないけど、とにかく臭いし、シャワー浴びたところで臭いけど、それでも少しはマシだ。

「うん……」

コージさんはそう言ったけど、動かないで立ってる。

「どした？　具合悪いの？」

「いや……」

コージさんは落ち着かない感じでベッドと出入り口の間をうろうろして、何度もスマホを見る。

「あのさあ」

「うるさい」

「えっ」

他の男なら別に驚かないけど、コージさんがそんなこと言うのは聞いたこともなかった。聞き間違いかと思う。でも、コージさんは、眉間《みけん》に皺《しわ》を寄せて、睨《にら》んでるみたいに見えた。

「私、なんかした……？」

コージさんはそれに答えない。ずっと、うろうろ歩き回る。

何か起こるかもしれない、と思った。何が起こるか分からないけど、コージさんの視線がドアに向くたびに、ちょっとずつちょっとずつ、バッグを引き寄せる。バッグの中に手を入れて、スマホに人差し指の先が触ったとき、

「あっ」

急に嬉しそうな顔をして、コージさんはドアを開けた。

「あ……」

私は何も言えなくなった。

開いたドアから、三人、男が入ってくる。

何をされるか、一瞬で分かってしまった。

こういうのは、聞いたことがあった。一人だと思わせておいて、後から何人も呼んで、それで輪姦《マワ》す。何度も、注意喚起されてた。

でも、そんな目に遭うのは、もっと若い子だけだと思っていた。こういうのに慣れてなくて、危機感無くて、何があっても泣き寝入りしちゃうような若い子だけだって。私は、コージさんの本名も、職場も知ってるし、いざとなったらこんな弱男は刺してやるくらいの気持ちでいるし、そんなことにはならないって思ってた。大体、コージさんには優しくしてたはずだ。臭いとかキモいとか、思ってても言わなかったんだから、恨まれる理由がない。

男たちは、なんだかみんな、弱男って感じの見た目で、強そうには見えない。だから、怖いは怖いけど、反社とかそういう感じじゃないし、話せば最悪なことにはならないかもしれない。声が震えるのをなんとか隠して、私は言う。

「べ、別に……マワされてもいいけどさ……人数分、金」

「だ、誰が、お前みたいなババアにそんなこと、すんだよ」

コージさんの口から唾《つば》が飛んでいる。顔を真っ赤にして、粒みたいな目を限界まで開いている。キモい。唾の飛んだ腕を、今すぐ洗いたいと思う。

「そうだよ。誰もお前なんか興味ねえよ」

三人のうちの一人が言った。ガチャ歯で鼻が殴ったみたいに潰《つぶ》れてて、純粋に顔だけなら、コージさんよりキモい。こんな奴になんでそんなこと言われなきゃいけないんだよ。

「は？　お前誰だよ」

「は？　じゃねえよ。覚えてねえのかよ」

そう言われても、三人とも、全然覚えてない。ブサイクで、眼鏡で、弱そう。三人ともそうだ。確かに、こういう奴らが何の理由もなく、遊び半分でマワすとかはなさそうだから、何かやっちゃったのかもしれない。でも、本当に覚えていない。こっちが忘れるようなことを覚えてるなんて、顔だけじゃなくて性格もネチネチしてて暗くてキモい。

「なんなの？　なんかしちゃったなら、謝るけど……でも、金なんて持ってないし、出せないよ」

正直に言う。でも、コージさんは、ますます怒ってしまったみたいだった。

「お前、お、男を、舐《な》めすぎなんだよっ」

顔に何か飛んでくる。よけきれなくて、おでこに当たる。すごく痛い。中身の入った、水のペットボトル。おでこを触る。こんなことではどうにもなってないけど、でも、顔を庇《かば》う。こんなキモい奴らに、私が頑張って作った顔を台無しにされたらいやだ、そう思って、手で顔を覆って、蹲《うずくま》る。男たちは調子に乗って、色々投げてるみたいだった。痛い。すごく痛い。

ごめんなさい、って言っても、誰も聞いてない。私は、こいつらの話を聞いてるのに。聞かされてるのに。

こいつらは、みんな私とマッチしたことがあって、実際ホテルとか行って、それで態度が気に入らなかったらしい。やる気なかったとか、暴言吐いたとか、金だけとったとか、そんなことを言われる。でも、やる気なんて出ないのが当たり前だ。ブサイク相手に愛想よくできるわけない。暴言吐いたのはきっと、バカにされたからだし、金だけとったのなんて、踏み倒されそうだったからだと思う。自分たちが悪いことを棚に上げて、なんで私ばっか責めるんだろう。歳誤魔化してたのも、知ってるらしい。身分証のデータ持ってるとか言ってる。多分、在籍してた店のが流れて来たんだろうけど、お前らだって、本当のことなんか言わないじゃん。なんで私ばっか責められなきゃいけないの。

「お、お前、こ、殺すことにした！　したからなっ！」

コージさんの声が聞こえた。それで、頭を摑《つか》まれて、上を向かされる。

最悪。

全員鼻低くて、肌汚くて、目もキモい形で、それを直そうともしないで平然と生きてる。こんなブサイクに囲まれてなんで殺すなんて言われなきゃいけないんだろう。どうして、私ばっかり。

「殺す」

男たちは、みんなで殺すって言いながら、私の髪の毛を引っ張って、ベッドから引きずりおろそうとしてきた。

「土下座しろよ！」

誰かがそう言った。

死ねとか、殺すとか、そんなこと、どうして、今もまた言われなきゃいけないんだろう。

「まだ」

体が固まる。

「まだ」

耳を殴られる。キーンって耳鳴りがして、でも、その声ははっきり聞こえる。

「まだ」

痛い。でも、そんなことより、見たくない。

「まだ」

思い切り振り上げられた足の向こうに、見えてしまう。大きい目と、大きな口。それが、こっちに向かって、開いている。

「まだ」

近付いてきている。もう嫌だ。誰も助けてくれないのは、なんで、どうして、私ばっかり。私ばっかかり。

最初に飛んだのは、ガチャ歯の男だった。変な虫みたいな声出して、視界から消える。

それで、ドン、と地震みたいな音がした。今度はそいつ以外の悲鳴が聞こえる。

背中に重いものが落ちて来て、私は悲鳴じゃなくて、潰されたカエルみたいな声が出た。

まただ、また、あれだ。

私は手をめちゃくちゃに動かして、硬い感触を見つける。バッグの取っ手だ、多分。そうだと信じたい。

目の前がぐらぐら揺れて、ちゃんと物が見えない。まっすぐ立てないから、体を引きずるみたいにしてドアまで進んで、靴をなんとか片っぽだけ履く。でも、そこで後ろから足を摑まれたから、蹴《け》り飛ばして、走る。

非常口から出て、階段下りて、ずっと走った。人が沢山いたけど、全然安心できなかった。

何度目かの角を曲がった時、急に前のめりにこけた。膝《ひざ》が死ぬほど痛い。

肘《ひじ》を使って上半身だけ起こす。ネズミがいた。悲鳴をあげて逃げる元気もない。

一度行ったことのある、中華料理屋の裏手だった。肉の脂の臭いで吐きそうになる。

もう、全部嫌だ。体痛いし、臭いし、ネズミいるし、ヒール折れてるし、片っぽない し、どうしようもない。コージさんに殺そうと思われてたことも気づかなかった。全 然好きじゃないのに、今私はめちゃくちゃ傷付いている、と思う。恥ずかしい。自分 が、バカな若い子よりずっとバカだって分かって、嫌になる。本当に死にたくて、で も、今は死ぬこともできない。

涙と鼻水がずっと出る。みんな私みたいな汚いババアの前は素通りしていく。露出 してるおっさんより価値ないんだって分かる。

ここで蹲ってたら、狭い道だから車は無理でも、バイクくらいは轢いてくれるかも しれない。そしたら、死ねるかもしれない。農薬飲むのも、飛び降りるのも、首吊る のも怖かったけど、今回は行けそうな気がした。こういう死に方は、自殺じゃなくて 他殺だから、可哀想レベルが高い。自業自得って言われない。本当に死ねば、ネット でやなこと言ってきた、まともな親に育てられた女も、反省するかもしれない。絶対 反省する。

膝から血が出てたけど立って、道の真ん中に出ようとする。誰も私のこと見てない けど、派手に吹っ飛ばされたら、きっとちょっとは見てくれる。それで、足をもう一 歩前に出そうとしたとき、気配がした。

「るみちゃん」

突然呼ばれて体が震える。でも、さっきの声じゃない。

それに、これは、本名だ。全然使ってないし、呼ばれたのも、何年振りか分かんないくらいだ。

男の声。ちょっと高いから、若いのかもしれないけど、普通の声じゃない。声優さんみたいに綺麗《きれい》な声というわけでもないのに、じわっと頭にしみこむような声。めちゃくちゃ近い所から聞こえる。

私は足が痛くてまっすぐ立ててないから、もっと上から聞こえてきてもよさそうだけど。もしかして、チビ？　確かに私なんかを買うのは、キモい奴ばっかり。身長高くて顔いい人なんて誰もいなかった。だから、客の一人かも。でも、客に本名なんか教えたことないと思うけど……さっきだって身分証流出してたし、分かんない。

どっちにしろ、私は答える気なんかない。早くどこかに行ってほしい。警察だったら、面倒だから話くらいはするけど。

「るみちゃんじゃろ」

「うるせえな……」

怒鳴りつけてやろうと思った気持ちは、一瞬でなくなった。声の方に顔を向けると、そこにいたのは、小さな子供だった。子供だから優しくしようなんて考え方は持っていない。だって、私の方がずっと可哀想だから。そもそも、可哀想レベルでランキングなんて、そっちの方が失礼だと思うし。そうじゃなくて、子供の顔が綺麗だったからだ。特に、目がびっくりするくらい、綺麗。外国人とか、ハーフとか、カラコンとか、そんな感じの色じゃない。すごく不思議な色としか言い表せないけど、目が離せない。

「こがいなとこにおるとは思わんかった」

方言がきつくて驚いてしまう。関西弁は芸人が使ってるから分かるけど、それ以外は知らない。どこの言葉だろう。そもそも、

「誰」

「誰、か。まあ、分からんよな」

「何、ガキのくせにナンパ？」

わざと感じ悪く言ってみたけど、私みたいな整形ババアがナンパされているとしたら、それが小さい子供でも、単純に嬉《うれ》しいと思っちゃう。もちろん、いくらイケメンでも、小学生くらいに見えるこんな子供と付き合うとか考える痛いババアじゃないけど。私は、子供にだって好かれたことなんてないから、ただ嬉しいだけ。

「だいぶおかしなっちょるもんなあ。仕方ないけんど」

「は？　何？」

言ってることは分かんないけど、がっかりしたような顔をしてくるので、苛々《いらいら》して

しまう。声をかけてみたら、予想外にババアだから嫌になったのかもしれないけれど、声をかけてきたのはそっちなんだから。

「何？　会ったこともないのにキモいんだけど」

「佐々木るみ。四十三歳」

自分の心臓の音が聞こえたような気がした。

「な……」

「佐々木るみ。四十三歳。出身地は茨城。職業は——よう分からんな。太りたくないから食べて吐いている。整形を繰り返している。本当にごうな、るみちゃん。めったねえ……ああ、なんもかんも、悪いことになっちょるにゃあ」

動けない。一歩も。男の子は、私から目を逸《そ》らさない。瞬《まばた》きもしない。綺麗な色の目が私を見ている。

「そがなんよ。るみちゃんのこと、全部分かるんよ。親からひどい虐待を受けちょったき、連絡を取っていない。ほんで」

「うるさい！」

私はストゼロの空き缶を投げつける。

「うるさい！　うるさい！　うるさい！　キモい！」

なんでこんなに、全部言われなきゃいけないのか。全部、全部、全部！　なんで、知ってるの？　もしかして、ネットストーカー？　子供だから、モラルとかない？　特定された？　色々言ったから？　でもそんなことされるほどのことは言ってない。私は可哀想だけど、でも。

缶が細い柱に当たって跳ね返ってくる。もう一度投げてやる。そう思ったとき、

「佐々木るみには人間じゃないもんが見える。幽霊、神、妖怪《ようかい》、それ以外」

言葉が出てこなかった。舌が、全身が、震える。

「ああ、るみちゃんじゃ」

目の前の、顔のいい子供は、涙を浮かべている。

「会えてうれしい」

「私、あんたのことまだ信用してるわけじゃないから」

男の子は、えむ、と名乗った。本名を聞いたんだけど、私には何度言われても聞き取れない音だった。外国語みたいな。うんざりして「何度言われても全然分かんないんだけど」って言ったら、それで諦《あきら》めたみたいで、ちょっと悲しそうな顔をしながら「えむ」と名乗った。本当は、なぜか本名を聞いた時、少しだけほわっとした気持ちになった。でも、ほんの一瞬のことで、やっぱり、怖くてキモいと思ったから、何も

言わなかった。だって、客でもないし、本当にこんな子供知らないのに、なんでも知ってるみたいで、全部言い当ててきた。そんなことされて、怖いと思わないのは無理だ。

とりあえず、夜だし、喫茶店だと人が沢山いて嫌だって言うから、カラオケに入った。

カラオケの部屋の壁にはイルカとか、海の生き物が描いてある。ここは違う店だけど、金のないおじさんに連れて来られて、ここでやろうと言われたことを思い出す。カラオケには監視カメラがあって、変なことをすると店員が飛んできて出禁にされるって聞いたことがあった。だから嫌だと言ったら、めちゃくちゃキレ気味に「じゃあ口でして」って言われた。金が欲しかったからやった。十年以上前のことだけど、最低な思い出だ。一緒に歌うだけでいいって言ったのに。

壁の中で泳いでいる亀と目が合う。私は、あのときこの亀みたいに鼻が低かった。だから、あんな舐《な》めた真似をされたのかもしれない。

ムカつくことに、理想の鼻を手に入れたときには、もうババアになっていた。男は、かわいい子と、若い子にしか優しくしない。それ以外は、優しいどころか、人間扱いもされない。

私の人生は、ブスだったときと、ババアのときしかない。だから私は一生で一度も、男に優しくされることはないんだと思う。

「ほんなことはない」

「は……？」

えむは、すごく悲しそうな顔をしてる。漫画みたいだけど、心を読んだんだ、と分かった。漫画みたいだけど、私のこと全部わかるんだから、普通に心も読めるでしょって思う。勝手に心を読むなんてキモい、そう言ってやろうと思ったけど、すごく悲しそうだから、言えない。

「誰も彼も、ほんなことを思っちょるわけがない。今までずっと、周りの男がくだらん奴じゃっただけじゃき」

「あんたみたいな子に何が分かるんだよ」

ムカつく気持ちが大きいけど、呆《あき》れて怒鳴る気にもならない。

子供だから、分からないんだ。いや、子供って言うより、顔が綺麗だから。きっと、学校の中ではアイドルみたいに憧《あこが》れられてて、一番可愛い子とかに、告白されたりしてるんだろう。それで、そういうのを当たり前だと思ってる。全然なんにも見えてない。ブスの心が読めても、ブスがどんな目に遭うか、想像はできないんだろう。

ブスの当たり前は、ブタとかバイキンとか呼ばれることだ。給食に鉛筆の削りカスとか虫とか入れられて、トイレに閉じ込められて、それで先生からもかばってもらえないことだ。

全部、私の見た目が気持ち悪いからだ。気持ち悪く生まれて、どうやったら明るいとか、前向きとか、そういう性格になれるんだろう。絶対に無理だと思う。

この子はきれいに生まれたから、きれいごとが言えるだけだ。

「私みたいな顔に——今の顔じゃないよ。直す前の顔に生まれてもないのに、なんにも分かんないでしょ」

「分かる」

えむは大きな目で、じっと、まっすぐ、私を見ている。

「汚いばっかりやないよ、人間は」

無理やり言うことを聞かせる感じじゃなくて、優しく言うから、私は言い返す気がなくなる。こんなに優しいの、ずるいと思う。

「ウザ」

それだけ言う。えむは言葉と同じように、優しい顔をしている。子供のくせに生意気だ。

「るみちゃん、押し入れ、思い出せるか」

優しい顔のまま、急にそんなことを言ってくる。

「はあ？　何言ってんの？」

「押し入れじゃ。思い出せん？」

押し入れと言われても、ドラえもんのことしか思い出せない。

「そんなこと言われても、知らないし」

「幽霊が見えるじゃろ」

「はあ？　それと何の関係があんの？」

「関係はものすごくありますよ」

えむは右手を胸の高さに持ち上げて、横にサッと動かした。

「どがい？」

「ドガイって……ああ、どう？　みたいな意味？　方言キツすぎ。あんたが何やってるかなんて分かんないけど、別に何とも思わないけど」

「ああ……」

えむは落ち込んだ感じで溜息《ためいき》を吐く。ムカついた。勝手にがっかりしないでほしい。

「ムカつくなあ。なにその態度」

「るみちゃん……こうやって、幽霊を、祓《はら》っちょった」

「はらう……？　お祓い、ってこと？」

えむは頷《うなず》く。

こんな子供なのに、きっぱりとした口調でそう言われると、なんだか自分の口に出したことが恥ずかしくなってしまう。確かに、何言っていいか分かんないと、私は「バカ」とか「ウザ」とか「キモ」って言ってしまう。それをはっきり、悪いことだって指摘されたみたいだと思った。子供は全員苦手だけど、この子は特別に苦手かもしれない。えむはまた、さっきの動きをして見せる。

「これ、どうやっとるん？　ち聞いたら、昔、押し入れに閉じ込められてた、ち話してくれた」

かっという音が喉《のど》から出た。服の袖《そで》をぎゅうと掴《つか》む。首絞められたみたいに喉が詰まる。無理やり口を大きく開けて、息を吸ったり吐いたりする。この子は何も――いや、悪くなくはないけど、知らないから仕方ない。私が、あの場所を思い出して、どんな気持ちになるのか、知るわけないんだから。そう思う。他の人だったら怒鳴ってたけど、この子には悪気がない。それだけは、はっきり分かるから、だから、怒鳴らない。

「嫌なもんは嫌な場所に閉じ込める、ち言うちょった。ほしたら、いなくなる」

「いなくなるわけない」

「バカではないよ」

「バカじゃん」

私の口は、自然に動いていた。止められなかった。

「今でも夢に出て来るよ。ボコボコにされて、ゴミみたいに中に投げ入れられて、それで、ガムテープでぴーって隙間塞《ふさ》がれるの。中、真っ暗なんだよ。何も見えない。黴臭《かびくさ》くて、埃《ほこり》っぽくて、カサカサ音がする。虫がいたんだろうね。立ったり姿勢変えたりもできない。すっごく狭いから。体が冷たくなるの、夏でも。おかあさんが男とヤッてる声だけ聞こえてくるけど、子供の頃はそんなの、知らなかったから、そういう声も、息の音も、怖かった。早く助けて助けてってずっと、お願いしてたけど、誰も——今でも、私はその中にいるよ。ずっといる。いなくなるわけな」

「すまん」

顔が温かくなった。お線香みたいな匂いがする。私にはおばあちゃんなんていないのに、嗅《か》ぐとおばあちゃんの匂いみたいだって思う。落ち着くみたいな、優しい匂い。

えむが、細い腕で抱えるみたいに私の頭を持っている。頭だけだけど、全身抱き締められているみたいだった。えむはそのまま、私の頭を優しく撫《な》でる。小さい子にするみたいに。

「ヒトの気持ちが分からんのんじゃ。すまん、申し訳ない。急に言われて驚くがじゃろ。でも、るみちゃんを助けたいのは本当のことじゃ」

「大丈夫……」

子供らしい体温の高い体を触って、子供ってこういうものだよな、と思う。子供は温かくて、柔らかくて、大事にしなきゃいけないものだ。

「大丈夫……こっちこそ、ごめんね」

私なんかがずっとこんなふうにしてもらうのは悪いから、優しく押し返す。まだ不安そうな顔をしていたけど、私が「それで？」と言うと、また真面目な顔に戻った。

方言が難しかったから、何度か聞き返して、それで中断してしまったけど、えむはめんどくさがったり、こっちを馬鹿にしたりしないで、ちゃんと話してくれた。

よく分かんなかったけど、えむが言いたいのは、私は、えむの知っているのとは違う佐々木るみだってことみたいだった。別人じゃなくて、同じ人間だって話らしい。

それで、ここにいるえむも、元のえむとは違うって言ってくるから、私は混乱した。

「どういうこと？」

「信じられんち思うけんど、俺は、こん体を借りちょるだけの、別のもんじゃ」

「信じてやってもいいんだけど、よく分かんないよ……私、頭悪いし」

「るみちゃんは頭悪ないよ」

「いや、普通に悪いけど……まあいいや、ちょっとさ、無理かもしれないけど、方言もう少しなんとかなんない？　本当に、会話難しい」

えむは少し恥ずかしそうな顔をして、「あー」とか「うーん」とかごにょごにょ言ったあと、急にきりっとした表情になる。

「じゃあ、敬語で、話しマス。それしか、はい。俺は、ここと違う世界から来た、人間デス」

　無理に敬語で話しているのがはっきり分かってかなり面白い。でも、無理なことをしろって言ったのは私だから、頑張って笑わないようにして、相槌《あいづち》を打つ。

「ここと違う世界？」

「ハイ。ここと違う世界デス。違うけど、全部が違うわけではの……なくて、そこにいる人とかは、大体同じです。るみちゃんも、います。でも、そこでは、るみちゃんは、小さい頃に、親を殺しています」

「え……」

　かなり驚いた。聞きたいことはたくさんある。まず、どうやって。あんな、どうしようもない状況で。小さい頃のことを思い出してみても、手も足も出なかった記憶しかない。ただ、どうやれば殴られたり蹴《け》られたりしてるとき、一番ダメージが少なくできるか、それくらいしか考えられなかった。

「どうやって……かと、言うと、その力で、デス。こんな親いらん、と思ったので、殺せました。るみちゃんには、そういう、力がありマス」

　また自然に心の中を読まれてしまったけれど、もう驚かない。驚いている場合じゃ

ない。それよりも、

「へえ……いいなあ」

心の底から羨《うらや》ましかった。あんなクズどもを、思い切りぶっ殺せたら、最高に幸せだと思う。

「ここの、るみちゃんにも、殺せマス。でも、ここでは、るみちゃんは、殺しませんでした」

「……どうして私は」

えむは首を横に振る。

「それは、分かりません。とにかく、殺しませんでした。ほいで、殺されも、しなかったのデス。るみちゃんは今——色々、色々なことがあったようですけど、親に縛られちょる、と思いマス」

「縛られてなんか……」

縛られてない、なんて言えなかった。私は今もずっと、引きずっている。事実だ。いつ、何をしていても、私は虐待されてた子供だって思ってる。

えむは黙ってしまった私を見て、小さく頷いた。

「親を殺したるみちゃんも、ずっと親のことで悩んでいます。そこに、隙があったんだと、思いマス」

「は？　どうして？　殺したのに……」

「それは、分かりません。でも、ずっと、るみちゃんは、親のことを考えています。親のせいで、人生が不幸になって、親を殺した自分もまた、クズだって、ずっと、考えてオリマス」

絶望、と言ったらいいのかもしれないけど、それよりずっと空《むな》しいみたいな、そんな気持ちになる。だって、えむの言うことが本当なら、私は、どうしたらいいんだろう。

私は頭が悪い。それは、昔から、勉強を許してくれるような家にいなかったから。私は顔が悪い。親が二人ともブスだし、少しでもきれいになろうとするとキレられたから。だから、正解も分かんない。美的カンカク？　そういうのが壊れてるって、風俗で働いてた時の同僚に言われたこともある。整形してるけど、それが壊れてるから、自分でこうしてほしいって言って作った顔が、きっと、あんまりきれいじゃないってことも想像できる。

私は、普通の仕事はできない。頭が悪いだけじゃなくて、親に教えてもらってないから、まともな態度が分からない。すぐキレるし、頑張れないし、注意されると全部否定されたと思うし、やる気なくなってもう何もしたくなくなる。風俗だって当欠が続いてクビになったこともある。バカの私でも、そんな奴を働かせてくれるまともな会社なんてないことだけは分かる。

私は、ずっと、こんな親がいなければ、こんな人間になっていないと思っている。虐待を受けたから、こんなカスみたいな親だから、おんなじに、こんなネチネチしてて、まともな仕事ができない性格の悪いバカになったと思ってるし、親のせいにするなって言ってくる奴もいるけど、絶対に事実だ。だから、いつも親が死んでほしいと思ってる。死んで償ってほしい。私がこうなった原因だから。

父親が酒飲みすぎて死ねばいいと思っていたし、母親は男から病気もらって死ねばいいと思っていた。もっと言えば、絶対いつか殺してやろうって思ってた。もっと年寄りになって、どっちも私に抵抗できない状態になってから、殺してやろうって。そうしたら、悩みとか全部消えて、スッキリできるのにって。親さえいなければ。

でも、えむが言うことが本当なら、親が死んでも、親を自分の力で殺しても、私はずっとずっと、親のことを考えてしまっているらしい。じゃあ、私は、何をしても、不幸ってこと？

固まっている私に向かってえむが言う。

「いま、るみちゃんを、困らせているあれは、悪いモノとは、言えマセン。るみちゃんの、気持ちに寄り添って、るみちゃんが本当にしたいことを、させようとしています」

「困らせてるって、もしかして」

頭の中にまた、あのバケモノの大きい目が浮かぶ。消したい。頭を掻《か》き毟《むし》る。えむは私の手を優しく摑《つか》んで「そんなんしたらいけません」と言った。不思議なことだけど、えむの手に触られると、心がほわっとなって、騒ぐ気持ちが少し収まる。えむは、苦しそうな顔で、

「ほうです。それが、るみちゃんを苦しめている……結果的にやけど、苦しんでしまっていることは、分かります。それを、解決するために、俺はここまで来ました」

「あれを、消せないの……？」

えむは首を横に振った。

「消せません。悪いモンではないから」

「悪いモンでしょ」

「違います。信じて下さい。あれは悪いモンではないです。ただ、るみちゃんが、本当にしたいことをせんと、消えません」

「私が……本当にしたいことって、何……」

「それは、分かりません。いや、嘘じゃ。本当は、分かる……けんど、多分、俺には、説明デキマセン」

「説明してよ」

私はえむを見る。とても困ったみたいな顔をしている。その顔をしたいのは私の方だと思う。

「説明して。あいつがさせようとしている、私が本当にしたいこと、って何？　じゃあ、私は、それが分かるまでずっと、部屋をめちゃくちゃに荒らされなきゃいけないワケ？」

「それは違う話じゃ」

「何が違うんだよ」

「部屋をめちゃくちゃに荒らされる、ちうのは、間違ってオリマス。めちゃくちゃにしているのは、るみちゃんだからデス」

「帰る」

私は乱暴にえむの手を振り払って、ソファーから立ち上がる。急にタバコ臭い。子供のくせにタバコ吸ってるのかもしれない。ほわっとした気持ちが冷えていく。

色々優しいこと言って来たけど、やっぱり、ろくな奴じゃないのかもしれない。

だって、こんなに困ってるのに、私のせいにして。

腕を掴まれる。また、振り払おうとしたけど、できなかった。掴んだ手が、すごく小さかったから。震えてたから。

「本当のことじゃ。るみちゃんは嫌なことがあって限界になると、力が出てしまう。

人を殺せるくらい強い力じゃ。ほじゃ……だから、部屋がめちゃくちゃになってしまう。るみちゃんだけじゃのう……なくて、よくあることらしい。外国の、子供とかでも。ポルターガイスト、ち聞いたことないデスカ？」

えむは必死で、早口になっている。また無駄にキレてしまったことに気づいて、私はもう一度座る。私を責めているわけじゃない。私はどうしても、誰かに何か言われると、責められているような気がしてしまう。色々失敗を思い出す。掃除のバイトとかで『ここまだ汚れてる』とかって注意されたのは、本当に責められていたのかもしれないけど、そうじゃないときもあったかもしれない。ネットでも、ムカつく説教してきた奴に、『別に責めているわけではないですよ』と言われたこともある。親のことで何か言われると頭が熱くなって、何も他人の説教なんかいらないって思って、すぐキレていたけど、あの人たちも本当に責めてなかったのかも。今更気づいても、あんまり意味はないけど。

私は、謝らなきゃいけないかもしれないけど、素直にはなれない。その代わり、ポルターガイストのことを思い出す。昔、ホテルに行った男と観たホラー映画で、そんな言葉を聞いた。

「ある、かも……」

外国人の幽霊が見える女の子が、家を引っ越してから怪奇現象に悩まされる、といいない。


う内容だった。最後まで観ていないし、ポルターガイスト——家具とか食器とかが何もしていないのに飛んで行って家の中がめちゃくちゃになる——のシーンしか覚えていない。

「ほうか。あれも、そういう力を持った子供が、ストレスで、力が暴走している、ちょっとした話を、何回も聞いたことがありマス。だから、るみちゃんが、そうなっているんです。部屋がめちゃくちゃになるんは、るみちゃんの力デス」


「そんなわけないっ」

大声が出る。これは、キレているわけじゃない。ただ、怖い。

「そんなわけないよ、だって、ずっと、ずっと、見えるもん！　私じゃないよ、あいつのせいだよ！」

えむの目の前に連れて来て、見せてやりたい。

顔の半分くらいある大きい目、鼻はほとんどないみたいに小さくて、口は大きくて、真っ白くて同じサイズの歯がびっちり並んでいる。

「あいつが出て来て、部屋がめちゃくちゃになるんだもん！　私がやってるんだとしたら、じゃあ、あれはなんなのよ！」

「みちのかみ」

えむは静かな声で言った。

「みちのかみ、どうそじん、さるたひこ――色んな名前がある。全部おんなじもんか、違うかは、分からん」

えむはモニターの下に挿さっていたマイクを抜いて、机の上に転がす。マイクは不自然なくらい何度も回って、しばらくすると止まった。

「何がしたいの」

「みちのかみ、というのは、こうやって、旅人が、分かれ道の前で木の棒を倒して、どっちに進むかを選ぶ。そういうときに、手助けしてくれる神様でありました」

「私、旅人だったの？」

「違う。るみちゃんは、えい……良いことを、しました。みちのかみに。良いことを、したから、良いことが、起こっています」

「良いこと？　どんな良いことをしたの？」

「るみちゃんは――別の世界の、親を殺したるみちゃんは、お祓《はら》いの仕事をしています。ある日、誰が入居しても必ず足を怪我して出て行ってしまう物件のお祓いを頼まれて、裏手に悪い雰囲気を感じました。そこは草と土で覆われておったけんど、掘り返してみたら、何か丸っこい石みたいなもんがあった。るみちゃんは、それが人間みたいな形をしてることに気づきました。それで、石屋に頼んで、磨いて、周りに囲いを作って奉った。それが、みちのかみ」

「は？」

えむが言っていることは、日本昔話みたいだった。雪が降ったから、お地蔵さんに、笠《かさ》をかけてあげたら、お地蔵さんが恩返しに食べ物をくれる、みたいな。リアルに起こったとは思えないけど、でも、別の世界なんていうものを信じるなら、日本昔話だって信じなきゃいけないかもしれない。聞き捨てならない言葉もあった。私がお祓い？　でも、それより分かんないのは、

「そんなことで？　その、石の像、磨いただけで？」

「そんなことで祟《たた》りを起こし、そんなことで褒美を与える、力のえろう……すごく強いものです。みちのかみは」

「褒美……？」

信じられなかった。えむに聞いたって仕方ないのは分かってる。でも、納得がいかない。

「何が褒美？　どういうこと？　こんな、クソみたいな人生が、褒美？」

「選択デス」

私の言うことを最後まで聞かないでえむは言う。

「みちのかみは、人を導くもんです。旅を見守るもんデス。そういう、性質のもんじゃから、あの時、ああしてたら、こうしてたら、そういうのんを、選択させてくれて

るんじゃと、思います」

「は……」

「るみちゃんは、今……もし、親を殺してなかったら、ち世界にオリマス」

「何、それ……」

意味分かんない。意味分かんない。意味分かんない。

私の口から、何度も何度も、同じ言葉が漏れ出る。

馬鹿な頭で必死に考える。

元の私は、小さい頃に親を殺していて、それで、「もし殺していなかったら」と考えたということ？　それで、みちのかみが、私を「もし殺していなかったら」の世界に飛ばした？

信じられない。私は、元の私を殺したくなる。そんな想像するんじゃないと思う。だってきっと、この、目の前の顔の綺麗《きれい》な優しい子は——正確に言うと、この子の中の誰かは、もしかしたら顔はこの子より綺麗じゃないかもしれないけど——とにかく、絶対に私の友達だ。不思議な力を使って、私を捜してくれるくらいなんだから、きっとすごく仲の良い友達。こんないい友達がいるんだから、恵まれている。この私は、友達なんか一人もいない。セックスしてくれる男はいても、友達なんか、一人も。

そんな世界で、「もし」なんて考えるのは、ワガママだ。同じ私だから、馬鹿なのは確定だけど、勘弁してほしい。

どうしてそんなひどいことするんだろう。

私の選択は、失敗ってことじゃないか。

失敗の選択を選んだのが、今こうやってクソみたいな世界にいる私ってことで、全部間違ってたってことじゃないか。

うああとか、うおおとか、気持ち悪い声が喉《のど》から出てきて止まらない。

頭悪いから、上手《うま》く言えない。ただムカついて、頭おかしくなる。完全に頭おかしくなりたくないから、叫んでる。

「るみちゃん」

私の手に、温かいものが重なっている。小さい手。

「泣かないで」

私どうすればいいの、と言おうとして、言えない。でも、えむは分かってくれたみたいだった。

「今から、残酷なこと、言いマス」

これ以上残酷なこと言われるの。私、耐えられないよ。

「ごめん、でも、言いマス。るみちゃんが、することは、親のことを、これ以上考えないように、することじゃ」

無理に決まってんじゃんそんなの。できないから、あっちの私も、こっちの私も、こんなんなんじゃん。

「それを、どうにかしないと、いつまでも、いつまでも、色んな『もしも』に飛ばされることにナリマス」

私は座っていることも難しくなって、そのまま、ソファーにべちゃっと倒れ込んだ。

「もうそれならそれでいいよ」

私はえむの顔を見なかった。

「別にいい、それで。早く別の世界に飛ばされたい。もうこんなところ嫌だよ、ずっと辛《つら》くて、ババアになっても辛くて、みんなと同じになれなくて、もう嫌だよ」

「諦《あきら》めてはいかん」

「何？　大事な人が待ってるとか？　でも関係ないよ。確かにあんたみたいな最高の友達がいるんだから、向こうの私は諦めないかもね。私は違うから。どうでもいいもん。あんたも、私のことはもう諦めて、また別の」

「正確に言うと、諦めては、くれないと思いマス」

えむは泣きそうな顔をしてそう言う。

「生きてても、死んでても、どこの世界にいても関係がない。どこまでもついてくる。るみちゃんが、本当にしたいことをして、ここが辿《たど》り着く場所だ、と思えるまで」

「ごめんな、意味が分からんよな。俺も、意味が分からん。分からんけど、見えることを、そのまま言ってマス。俺は、こういうことは、間違えません。るみちゃんは、解決せんと、いつまでも」

「じゃあ、今から、殺せばいいのっ？」

「違う……と思いマス。殺しても多分……」

「じゃあ、じゃあ、じゃあ、じゃあ」

私はしばらく、色んなことを、感情のままに怒鳴り散らした。えむは黙って聞いていた。

喉が痛くなって、もう怒鳴れなくなったタイミングで、えむがまた口を開く。

「ここでも、あっちでも、また別のとこでも、るみちゃんがやらんかったことが、一つだけありマス」

私は何も言えなかったけど、えむは話し続ける。

「それは、親と対決することデス」

「対決……？」

カスカスの声がカラオケルームに妙に響いた。えむは頷《うなず》く。

「親と会って、不満とか、思ってることを全部ぶちまけます。ほんで、お前らみたい

「そんな……」

なクズとは金輪際関わらん、ち宣言します。ほういうのは、やってなかった」

「無理だよ」

思い出しただけで、今でも体が震える。もう絶対、あいつらより強いのに。包丁持ってって、脅したら絶対泣いて謝らせられるのに。でも、そんなこと想像すると、いつも、頭摑《つか》まれて、浴槽に顔突っ込まれるんじゃないかと思うの。怖いの。

「辛いと思う。しんどいと思う。でも、できると思う」

「他、他の方法は、ダメ？　殺さないし、会わないし、でも、忘れられる方法、ないかな……」

「一緒に考えてもえいけど、でも、俺がここにいられる時間がなくて、もうすぐ……」

一瞬また、カッとなって文句言いそうになる。言い出しっぺのアンタが逃げるなとか、そんな感じの。でも、えむは嘘を吐いていない。逃げてない。どういう仕組みか分からないけど、人の体を借りてるわけだから、本当に、時間がないんだと思う。それに、えむを見れば分かる。多分、親に理不尽に殴られたり、そういう経験なんてない。だから、脳みそに、絶対逆らえないって刻み込まれてることなんて、想像できないと思う。こういう人に、それ以外の方法なんて思いつくわけない。

「無理かもしれないけど……」

私は小さい手を握った。温かかった。

「やってみる。やってみるけど、ダメだったら」

「ほんときは簡単じゃ」

えむは驚くほど怖いことをさらっと言った。

「俺を呼んだらえい。俺が行って、殺しちゃるわ」

「え……」

「冗談ではないよ」

「無理でしょ、そんなにちいちゃいのに」

「カンタンじゃゃ。るみちゃんがしようとしてることに比べれば、瞬《まばた》きするよりカンタンです。俺は何も心痛まんし、るみちゃんが気に病む必要もない」

えむの目が、ぼうっと光っている。怖かった。でもそれよりも安心した。

えむがいれば、大丈夫だ。


えむは、「無理じゃったら呼んでください。頑張るから」と言った。ついてきてくれるわけじゃないらしい。まあ、時間がないって言ってたし、何を頑張るのかは分からないけど。こうなってくると、「俺が殺しちゃる」もなんだか嘘臭くなるかもしれないけど、なぜかそんなふうには思わなかった。えむはきっと、私が本当に困ったときは、絶対来てくれるだろう。

私はえむと別れて、ふらふらの足で家に戻った。コージさんたちには見つからなかったし、帰ってきて検索しても、あのホテルで事件があったみたいなニュースはない。それで、決心が鈍らないうちに、路線情報を調べた。一応関東だから、特急なんて使わなくても四時間くらいで帰れる。ちょっと眠ってから始発で行こうと思ったけど、思ったよりずっと疲れてたみたいで、起きたら九時過ぎだった。

両親は、まだあの、ゴミみたいな部屋に住んでると思う。ものすごく狭くて、床は畳。一応風呂《ふろ》はついてるけど、トイレと同じ場所にあって、いつも下水の臭いがする。他の住人の生活音も、外の音も全部聞こえるし、夏は地獄みたいに暑くて冬は地獄みたいに寒い。エレベーターがついてることだけが唯一マシなところかもしれないけど、そのエレベーターも部屋とおんなじ、下水みたいな臭いがした。本当にゴミみたいな部屋だけど、補助金？　みたいなので安く暮らせる家がそこだけだって話らしくて、だからあいつらは絶対引っ越しとかしないと思う。

荷物は、財布とメイクポーチしか持って行かない。泊まるつもりなんてないし、大きい鞄《かばん》なんかで行ったら、邪魔とかなんとか言って、最悪捨てられると思う。そういう親だ。

髪だって服だってなんだっていい。できるだけ汚い恰好《かっこう》にしよう、と思ってドンキで買った着ぐるみパジャマを着てみたけど、一瞬で冷静になって脱ぎ捨てる。むしろ、綺麗《きれい》な恰好で行くべきだ。汚い恰好なんかで行ったら絶対馬鹿にしてくる。ずっとイジってくる。それできっと、肝心の話はできないに決まってる。

本当はあんな奴らのために何もしたくなかったけど、化粧して、お風呂屋さん時代に買った無駄に高い黒のワンピースを着る。最近全然着てなかったから、ネットで売ろうとしたら、相場が買った値段の半分以下だったからやめた服だ。どうせ着ないし売れないから汚れても別にいい。

なんだかんだ準備に時間かかって、昼の少し前に家を出る。

夜に比べて、まともな人ばかり歩いている。仕事してなさそうな人だって、上品というか、急に怒鳴ってきたりしそうな人は全然いない。こういうのは少し苦手だ。私がこの中で一番クズなんじゃないかって思わされる。

なるべく俯《うつむ》きながら歩いて、駅に辿り着く。

東京の電車は最初混んでてびっくりしたけど、今はありがたい。でも、乗り継いで、実家に近付くほど、どんどん人が減っていく。外の風景も、川とか田んぼとかパチンコ屋とかで、本当に嫌になる。何度もやっぱりやめようと思った。東京に引き返そうと思った。

でも、駅で降りようとすると、「まだ」って声が聞こえてきた。男の声だったり、女の声だったり、子供の声だったり、自動音声みたいなのだったりした。声の方は見れなかった。どうせ、その、みちのかみとかいうのがいるから。私は仕方なく電車に乗り続けて、地元の駅まで来てしまった。電車の中でずっと嫌だなって、それだけ考えていたから、まだ全然心の準備ができてないのに。

ここまで来ても、まだ「東京に帰ろう」っていう気持ちが残っている。えむの小さい手を思い出して、なんとかバスに乗る。

スーパーとか、小学校とか、嫌な思い出しかない場所ばっかり通るから、吐きそうになる。坂道に差し掛かったらもう終わりで、ブザー押してバス降りるしかない。

深呼吸を何回もしてから、実家の方に歩く。小さい頃と全然変わってない。

エレベーターに乗るのはやめて、階段をゆっくりゆっくり上る。どんなにゆっくり上っても、十分もかからずに着いてしまう。

やっぱり全然変わってない廊下を歩いて、部屋の前で最後の悪あがきをしてから、チャイムを鳴らす。

部屋の中からごそごそと音がして、割とすぐにドアが開く。

「帰ってくるなら連絡してよ。買ってきてほしいもんもあるんだし。気が利かないね」

変わっていない、変わっていない、何も変わっていない、そんなこと思ってたけど、変わっている。母親の見た目が。十年前はこんなに太ってなかったし、髪も染めてたし、化粧もしてた。背も縮んだ気がする。

「なに？　入らないの？」

「は、入る……」

それに、パワーダウンしたような気もする。もし十年前のままだったら、「どのツラ下げて帰って来たんだ」「謝らないと部屋に入れない」「謝る気があるなら賠償金寄《よ》越《こ》せ」とか言ってたと思う。私も言われることを覚悟していた。それなのに、母親はやる気ない感じでのそのそ歩いて、怒鳴ることも小突いてくることもない。

小さいテレビは点《つ》けっぱなしになっていて、母親はその前に置いてある座椅子にどかっと座った。畳がざらざらしている。ざらざらの原因は、母親の食べこぼしだと分かる。色んなお菓子の袋が、全部中途半端に残った状態で開いている。そもそも、何年掃除してないんだってくらいだから、食べこぼしだけじゃないかもしれないけど。

「アンタも座れば？」

こんな汚い畳になんて座りたくないけど、私は「うん」と答えて、手でざっと畳を払ってからそこに座る。本当にムカつくけど、ちょっとだけ嬉《うれ》しかった。母親が、私に「座れば」って言ってくれたことが。こういう嬉しい気持ちも認めないと、多分、「対決」できないって、私でも分かる。

そのまま、何もしないし、何も話さないで、母親の横でテレビを見る。

下らないワイドショーが流れていて、芸能人の不倫とか、お役立ち百均アイテム特集とか、そういうのが無駄に耳を通って行く。

母親は何も聞いてこないし、私もまだ、何を言ったらいいのか分からなかった。

対決する、とは決めたけど、それは母親だけにやってもあんまり意味がない気がした。

ワイドショーはスポーツのコーナーが終わって、ニュースに切り替わった。

画面にその文字が流れてきた瞬間、つま先が刺されたみたいにビクッと動く。

虐待。

虐待された人間が私だけだなんて思っていない。世の中にはたくさん、私みたいな人間がいる。ネットでもよく見るし、風俗で働いてた時の子たちは大体そうだった。

でも、ここで、これを見るというのは、また全然違う話だ。

母親の方を見る。

ばりぼりと音を立ててお菓子を食べて、動揺してる感じもなく、ずっと画面を見ている。

何か言ってやろうか、そんな風に思った瞬間、

「なんか、こういうの、引く」

母親のがさがさした指が、さつまいもチップスを一枚つまんだ。食べもしないで、顔の前でふらふらと動かす。私はおそるおそる、

「引くって……何？」

「え、引くでしょ」

画面には、ブルーシートで窓を覆っている警察官が映っている。

右上に大きく『松田美瑠玖《まつだみるく》ちゃん　虐待死』という文字がずっと表示されていて、下の枠に『松田涼子《りょうこ》容疑者（39）殴ったことは間違いない。躾《しつけ》のつもりだった』と書いてある。

「自分の子供にさあ、熱湯かけたりとか、死ぬまで殴ったりとか？　よくそんなことできるなって引く」

頭の血管が切れそうになる。今すぐ、目の前にあるペン立てからハサミを取り上げて、それを思いっきり白髪だらけの頭に突き立ててやりたい。血を流して、痛い痛いって大騒ぎするところが見たい。私はその何倍も痛くて、何倍も長く苦しんだんだって、これからは毎日やってやるって言いたい。そう思う。でも、どこか冷静な自分もいて、血管が切れそうになるから、『キレる』って言うのかもなあ、とかも思う。

殴ったくせに。頭を殴られているのになぜか鼻血が出るくらい、思いっきり殴ったくせに。熱湯だって、真冬に死ぬほど冷たい水だってかけられた。ハサミで刺された

ことも、ヒールで耳の後ろをぐりぐりされたことも、わさびのチューブを鼻にねじ込まれたこともある。

ひどいことじゃないの？　これは、ひどいことじゃないんだ。

手が冷えて、唇がぶるぶる震える。

「虐待って、良くないことだと、思うの……？」

私は、かすかすの声でそう言う。母親はわざとらしく「ええっ」と言って目を見開く。

「アタシ変なこと言ってる？　当たり前でしょ。信じられないよ、子供に、しかも自分の子供に、ひどいことするなんて。アンタ、そんなこと外で言わない方がいいよ。子供殴られててもなんとも思わないとか、ヤバい奴だと思われるよ」

テレビから、明るい声が聞こえる。CMに切り替わったみたいで、画面にはエプロンをつけた美人の女優が映っていて、ダンスをしている。

「アンタ、その女優好きなの？　美人だったけど、子供産んでから老けたよね。まだ三十代なのにかわいそー。必死に引っ張ってるし、光で飛ばしてるけどさあ」

母親は、急にベラベラと話し始める。さっきまで黙っていたのは、きっかけがなかっただけだと気づく。私に言うみたいに、テレビの中の女優に下品な悪口を言っている。汚い畳を、駄菓子の欠片《かけら》でますます汚くしながら、綺麗《きれい》な女優に汚い悪口を言っている。

「ねえ、お、おかあさん」

「ん？　なに？」

　母親はこっちを見ない。毛穴が開いていて、顎《あご》が弛《たる》んでいる。醜い横顔。昔は若かったけれど、皺《しわ》とたるみがややマシなだけで、顔立ちは今と同じくらい悪かった。それに、何かあればすぐ、怒鳴って、ものを投げて、暴力を振るってきた。だから、今よりずっとひどかったのに、どうして私は、昔、この人に私の顔を見てほしいと思ったんだろう。どうして今も、こっちを向いて話してほしいなんて思っているんだろう。

「おとうさんってさ、いま」

「分かんない。どうせパチじゃない？　あいつもう金借りれないから馬とボートはできないんだよ。民生委員に禁酒禁煙って言われたから週に何度も飲みにいけないしね。今日は割とすぐ帰ってくると思うよ」

「そう……」

「あ、アンタあいつが帰ってくるまでいるってコト？　だったら洗濯してきてくんない？　結構溜《た》まってるからさ」

　母親はテレビの画面に顔を向けたまま、洗濯カゴ――というかただの段ボール箱に洗濯物が投げ込まれたものを指さした。近寄っただけで汚い下着の、むっとした臭いが鼻を攻撃してくる。

私はなんで、この女の言う通りにしてるんだろう、と思う。

ふざけんなって怒鳴って、パンツを顔に押し付けて嗅《か》がせてやればいいのに。もう年取ってるし、なんか小刻みに震えてるし、絶対勝てるのに。

でも実際は、母親を殴る妄想をしただけで、体が震える。タバコを押し付けられたり、壁に顔をぶち当てられたりしたことが頭に浮かんで、鼻を押さえる。百万以上かけた鼻が、またこんな女のせいでぐちゃぐちゃにされたらどうしようと思う。

「なんかあった？　早く行ってよ。アンタバカだから一応言っとくけど、コインランドリーね、分かってるよね？」

「うん……」

「近所のとこでいいから」

部屋を出ると、廊下に吊《つ》り下がっている男がいた。小さいときからこの男はいる。首吊りかな？　と思ったけれど、首吊りだったらロープとかが見えるはず。だから、ただよく分かんないけど吊り下がってる男だ。

私は男の股《また》の下を通ってエレベーターに乗る。

エレベーターの中には顔のパーツが全部右側に寄った女が乗っている。これも、小さいときからいる。私はこの女が怖くて、エレベーターには絶対に乗りたくなくて、エレベーターのない物件を探したくらいなのに、今はなんともない。顔が怖いだけだ。顔を見なければいい。そのまま女の前に立って、一階に降りる。何かぶつぶつ言ってるけど、何もしてこない。

道路にも、ちらほら、人間じゃないだろうな、っていうのが歩いている。

大人になってから気づいたけれど、こういう、貧乏人とか、訳ありの人ばっかり住んでるところは、人間じゃない奴らが多い。病院もまあまあ多いけど、こんなふうに見た目が崩れてる奴は少ない。夜の街もそうなんだけど、夜は暗いし、人間でも顔面崩壊してる奴が多いから気にならない。私も死んだらきっと、こうなるんだと思う。

坂を下って十分くらい歩いたところにあるコインランドリーも、小さい頃から全然変わってない。洗濯機だけはちょっとは新しいものになったみたいだけど、青いベンチも、ぼろぼろの木の机もそのままだ。

汚い洗濯物を押し込んで、スタートボタンを押す。大体三十分くらいしたら洗濯が終わるから、それまでまたネットでも見ようと思う。

とりあえず、鼻オペのことを検索する。私はヒアルを入れてアップノーズにしようと思ってるけど、やりすぎて人中が間延びして上唇が変形した人の画像とかも出てくる。

とにかくカウンセリングで、色んなシミュレート写真作ってもらってじっくり考えろって書いてあるけど、クリニックはどこがいいかいつも分かんない。前やったところは悪くなかったけど、あんまり流行《はや》りの形は得意じゃなさそうだし、クリニックの名前で検索すると「相場より高い」みたいな情報も出てきてムカつく。損したのかも。本当は知り合いに聞けたら一番いいんだけど、私の知り合いは長く付き合えても二年くらいで、みんなどこかに消えて行ってしまう。

無限にスクロールしていると、整形を馬鹿にしてる、モテない男の呟《つぶや》きが出てくる。やっぱり、アニメアイコンだ。私はまたカッとなって、そいつに説教する。弱男に相手にされたいなんて思ってないと伝える。すぐ返信が返ってくる。「女さん」とか呼ばれて、ムカつくことが沢山書いてある。病院行けとか。それでまたムカついて――

「まだ」

女の声が聞こえた。思い出す。私は今、洗濯が終わるの待ってるんだった。スマホの右上に表示されてる時計だと、あと五分はかかる。終わること急《せ》かされるくらい、そんなに人いなかったような気がするけど。

「まだ」

こんなちょっとも待てないのかよ。同じこと言ってきて。キモい男にムカついた気持ちが消えなくて、その気持ちのまま言い返してやろうと思う。

「まだだけど？」

「まだ」

顔を上げる。

「まだ」

声も出なかった。指が固まって、スマホが床に落ちる。油断していた。なんで、気づかなかったんだろう。

「まだ」

大きくて、左右で違う形の目が、私を見ている。見たくない。こんなの。

「まだ」

まだ。まだ、入ってきていない。外にいる、ように見える。外にいて、出入り口のところから、じっと見ている。そこから声を出しているはずなのに、私の頭の中に響く。

「まだ」

——悪いモノとは、言えマセン。

えむの言葉を思い出す。

これが、悪いものではない？　みちのかみ？　選択を与えてくれてる？

嘘だ。ずっとついてきて、まだ、まだ、まだ、まだって、気持ち悪い顔で、嫌だ。

もう嫌だ。

「まだ」

首を横に振る。分からない。何を聞かれても、今は、どうしようもない。

「まだですっ」

肩に鈍い衝撃があった。

「大丈夫？」

肩を叩《たた》かれた、と分かった。叩いたのは、指の太いおじさんだった。

「体調悪そうだけど」

「大丈夫です……」

「今何してんの？」

私はそれ以上答えなかった。洗濯に決まってんじゃん、とか言ったら会話が始まってしまう。こういうナンパは前にもあった。本当に気味が悪い。なんで手近で、テキトーな女に声かけて、どうにかなれると思うんだろう。ムカつく。

でもほんの少しだけ、このナンパおじさんには感謝している。このおじさんがいなかったら、ずっと怖いままだった。今は怖さの余韻もなくて、ムカつきで塗りつぶされている。

私が無言のまま洗濯物を引きずり出して、乾燥機に移動させていると、おじさんは舌打ちをして、ブスとかなんとか小さい声で言って、そのままどこかへ行ってしまう。

おそるおそる出入り口を確認しても、誰もいなかった。

父親と最後に会ったのは、十年前だ。大きめの地震があって、ニュースで地元で土砂崩れがあった、というのが放送されていた。そのとき勤めてた店の女の子と地元が同じで、その子が「やば、親に電話しなきゃ」と言っていたから、本当に自分でもどうしてそんなことしたか分かんないけど、私も電話かけてみた。

電話に出たのは全然知らない人で、このスマホは拾ったもので、持ち主が分からないと言った。避難所にいるらしい。

それで私は父親の名前を言ったら、とりあえずその人が避難所の責任者みたいな人に伝えてくれて、一ヵ月経ってから向こうから連絡が来た。

連絡してきたのは母親だったけど、心配してくれてありがとうとか、元気？　とか、挨拶《あいさつ》もなくて、

「アンタいまどんくらい稼いでんの？」

と聞かれた。地震のせいで仕事がなくなったから、お金を貸してほしいみたいな内容だった。そもそも、何の仕事をしてるのか聞いてみたけど、何も答えずにキレられたので、多分仕事なんかしてなかったんだと思う。でも私は本当にバカだから、結局

お金を貸すために地元に帰った。

帰ると、当たり前だけど家を出てった時とまったく同じ感じで父親も母親もいた。

それで、最初に出てきた言葉が、「誰？」だった。

るみだよ、結構弄《いじ》ったから変わったかもしれないけど、と真面目に言うと、爆笑された。

「変わったけどさ、変わっただけだよねえ」

母親がそう言うと、父親もバカにしたみたいに「ぷっ」と笑った。

「アタシさあ、芸能人見て、親から貰《もら》った顔にメス入れてるだけなのに、偉そうにしてんなーって思うこと多かったけどさあ、考え変わったわ。元がブスだと、メス入れても、ねえ」

その時なんて答えたかは覚えてない。泣いたら負けだと思って、必死で泣かないようにしてたから、多分何も言えなかったと思う。

そのあと、すごく偉そうな態度で金を要求してきた。畳にタバコの臭いが染み付いていて、娘から金借りる前にタバコくらいやめろよと思った。でも同時に、昔から暴力、ギャンブル、浮気っていう、最低なことはフルコンプしてる奴だったけど、記憶と違ってかなりハゲてたし腹とか出てて、これじゃあ浮気なんかできないだろうなって思った。実際、ちゃんと家には帰ってきてたみたいだし。

夕食で出てきたのがレトルトのカレーで、食べたら「被災者の飯奪うなんて最悪だね」とか言われた。被災者って言っても、結局土砂崩れが起きたのは同じ県でもずっと離れた場所だったし、何の影響もないって知ってた。ただ、私を嫌な気持ちにさせようと思ってるだけだって分かってた。でも、やっぱり何も言えなかった。食事の最中もずっと顔をイジられて、毎分毎秒、この世にいらない人間だって思い知らされてる感じだった。

　限界が来たから、貸せって言われた二十万を置いて、それでぐっちゃぐちゃの遺書を書いて、首吊《つ》って死んでやろうと思ったけど、ゴミみたいな思い出しかない地元で死ぬなんて死ぬより嫌だったから、東京に戻った。東京に戻ると、ちょっとだけラクになって、死ねなかった。

　二十万貸したことで、こいつからはもっと金が引っ張れると思ったみたいで、何度も何度も電話かかってきたけど、全部無視した。今度こそ、絶対に、二度と帰らないようにしようと決めた。

　決めたのになあ、と呟く。でも、結局、そうやってはっきり嫌だと言わずに逃げて来て——それだけならいいけど、完全に逃げれる強さがあるわけでもなくて、連絡があればこっちから行ってしまって、金を貸すような弱い人間だから、こうなった。えむの言う通りだと思う。いつかは対決しないと、ずっとずっと、引きずる気がする。

私は乾燥機の前で何を言おうか色々考えた。

まず、されて嫌だったことを全部言う。うまく言えるか分かんないから、メモにまとめる。

書けば書くほど、沢山出てくる。本当は全部全部、細かいことまで言ってやりたい。でも、バカなあいつらに最後まで聞けるわけないし、「暴力」でまとめる。

言われたひどい言葉は、「暴言」でまとめたら良くない気がして、細かく思い出してみたりする。でも結局、似たような言葉が並ぶ。バカだから語彙《ごい》力が低くて、本当に小学生レベルの悪口を言われてたんだな、と思う。

乾燥が終わる前に、なんとかメモ二枚くらいにまとめられて、その頃には空の色が少し変わっていた。

洗い終わった洗濯物を抱えて、人間とか、人間じゃないものとすれ違いながら部屋に戻る。あいつはいなかった。

玄関に靴があった。嗅《か》がなくても臭いと分かる、汚いスニーカー。それだけで心臓がばくばく言う。冬、水のシャワーをぶっかけられた冷たさがフラッシュバックする。逆らえなかった。タバコ臭い。臭いし熱いし痛いから、タバコは嫌い。

「遅かったね。まあ、その辺置いといて」

母親は、私がコインランドリーに行ったときと同じように、座椅子に座っていた。

それで、その横に、父親がいた。言葉が出なかった。

父親は、母親より激しく変わっていた。髪の毛はほとんど残ってなくて、頭皮が完全に見えている。ちょろちょろ残った髪にゴミがついているのは本当に汚くて、これくらいなら全部ない方がいいと思った。猫背を超えて背中が丸まっていて、虫みたいだった。顔も母親より皺《しわ》だらけで、目なんて細すぎてあるのかも分からない。

「ああ」

父親の口がもぞもぞと動いた。口を開けたり閉じたりすると、ねちゃねちゃとよだれの音がする。爺《じい》さんみたいだ、と思って、実際年齢的にも爺さんなのかもしれないと気づく。でも、こんなにヨボヨボになってるなんて思わなかった。私の心を読んだみたいに、母親が言う。

「この人さ、二年前に腰やっちゃって。金もないから病院行けないし、ほっといたらこんなに背中丸くなっちゃった。ウケるよね」

母親は「ウケるよね」と言いながら、全然笑っていなかった。テレビから視線を外さない。

「なんか用あったんだろうけど、無駄無駄。見て分かるでしょ？　もう完全にジジイなんだよこの人。パチ行く以外はもうなーんもできないからね。飯食ってうんこして寝るだけ。逆になんでパチはできるんだろうね？」

父親は母親の言うことに反応しなかった。丸まった背中をさらに丸めて、畳に置いてあるお菓子の袋を漁《あさ》っている。かりかりと、母親に比べるとずっと控えめな咀嚼《そしやく》音が響いた。

「ま、よかったんだけどさ。民生委員の人が手続きみたいなのしてくれて、金が入るようにしてくれたんだよね。この人働けないから収入はゼロだし、まあ、そんなにたくさん入ってくるわけじゃないけど」

「あ、あのさあ」

「何？　親孝行してくれる感じ？」

そう言って母親は笑う。何が面白いのか分からない。

私はなかなか、その後の言葉が言えなかった。

本当は、つきつけるつもりだった。お前達が何をして、私はどういう気持ちになったのか、ちゃんとつきつけて、だからお前たちのことを殺したいくらい恨んでいて、本当に殺しそうだから、二度と関わらないときっぱり言うつもりだった。

両親は、それで逆切れして、怒鳴ってきたり、二人がかりで暴力を振るってきたりする、それで、やっぱり無理だったって思って、えむを呼ぶ、私の中ではそうなるって思ってた。

そんなこと、今は絶対にできない。

父親も母親も、私が何を言っても、殴ってくることなんてないと思う。この二人はもう、完全に終わっていて、何を言っても何をしても、無駄でしかないと分かった。よぼよぼでぼろぼろで、汚くて、同じように汚い部屋に、便所の汚れみたいにこびりついてる。

「話したいことって、なんだった？　もしかして金貸してとか？　御覧の通り金なんてないし、十年前の金返せって言われても無理だよ」

腹が立つ。また金か、と怒鳴れない自分にムカつく。だって今、感情のままに怒鳴ってしまったら、完全にこっちが悪者だと思う。弱い老人をいじめて、みたいになる。

「金のことじゃ、ないよ……」

「じゃあ何？　もしかして結婚の挨拶《あいさつ》とか？　あはは、それはないか。アンタには無理か」

ぶぶぶ、と蠅みたいな音を出して父親も、多分、笑っている。

「私、そういうのずっと嫌だったよ」

「は？」

「そうやって、何か言うとずっと馬鹿にされるの嫌だったよ」

「アンタ40過ぎて何言ってんの。冗談通じない」

「小学生の頃からずっとそうだったじゃん」

母親は溜息《ためいき》を吐くだけで、何も答えない。太い指でチャンネルを操作している。

「あとさ、さっき虐待のニュースのときさ、信じられないとか言ったけど、普通におかあさんもおとうさんもやってたよね？　殴ったり、蹴《け》ったり。それは、どう思うの？」

「お前を産んでから、嫌なことばっかりだった」

被《かぶ》せるように母親が言った。

「金もないし、この人は浮気と博打《ばくち》ばっかで働かないし、それで、アンタ育てなきゃいけなくて、それがどれだけ大変だったと思う？」

「……すり替えないでよ」

「何がすり替えだよ。ふざけんなよ。お前、子供育てたこともないくせに、偉そうに説教してんじゃねえよ」

「子供育てたことなくても分かるよ。あんなの、おかしいって」

「分からねえだろ。アンタ、ほんとすぐ泣いて、近所に迷惑かけるから、躾《しつけ》だったんだよ、躾。子供育てたこともないくせに、躾のことなんてわかんねえだろ」

「躾？　他の普通の人たちは、軽く叩《たた》かれたりとかはあっても、気絶するまで殴られたり、お湯かけられたり、冬に外出されたりしてないよ、だから普通でまともなんだよ、私は」

「うるさいうるさいうるさい！　アタシだって同じことされたんだよ。昔はそれが普通だった！　アンタがおかしいのはアンタの責任だろ、人に押し付けるな！」

母親は、怒鳴っているけど、立ち上がって暴れたりはしない。できないんだと思う。歩き方で分かった。洗濯物溜《た》めてたのも、関節が駄目になってるからだ。

「いい歳して、育ててくれてありがとうございますでもなく、親への文句？　虐待？　ふざけんなよ。アンタの言うまともな人間はね、結婚して子供産んで、親の面倒見てるよ！　アンタは自分自分自分、自分のことばっかり！」

母親は、ガンガンと床を叩く。食べかすと埃《ほこり》が散る。父親は、開いてるのか閉じてるのか分からないような細い目で、こっちを見ている。

「大っ嫌い」

叫ぶ元気なんてなかった。ただ、言葉が、ぼろぼろ落ちて来る。

「大っ嫌い、大っ嫌い、お前らなんて、本当に嫌い、死んでほしい」

えむの小さい手の温かさはもう、思い出せもしなかった。実は、こいつらに死んでほしいとも思えない。どうしようもないことが分かってしまった。

昔みたいに私を殴ればいいのに。罵《ば》倒《とう》して、嘲笑《あざわら》って、残酷なことを全部やって、死ぬような目に遭わせればいいのに。

母親はテレビの前から動かない。父親は置物のように座っている。何もしてこない。

こんなの望んでいない。こんなの嫌だ、こんなの、こんなの、こんなの、こんなの。私の人生は無意味ってことになるじゃないか。私がやったことは全部無駄ってことになるじゃないか。私が必死に生きて来たのなんて無意味じゃないか。こんなくだらない、弱い老人になるんだったら、こんな弱いやつらに逆らえなかったってことになるなら、私はどうして。色んな人に嫌なことしちゃった。ひどくて最低でゴミみたいなことして、ゴミみたいに、でも死なないように頑張って、だから必死だったのに、なんで、こいつらだけ、こんなふうに、終わってしまってるんだろう。最低だよ。

「なんでこっち見ないの」

母親は食べ続ける。父親は何も言わない。許さない。こいつらだけ、終わるなんて。

「こっち見ろよ」

テレビが吹き飛ぶ。古臭いテーブルも、障子も、ずっと置いてある石油ヒーターも、全部飛んでいく。母親の声も父親の声も聞こえない。

まだ。

まだ、と聞こえる。

目の大きいバケモノがこっちを見ている。

まだ。まだ。まだ。

2017.01.09

何も考えたくない。
あんなこと言わなければよかった。

第四章　宇宙論的証明

次に目覚めたとき、私には何故か、はっきりと記憶があった。

目覚めたという自覚があるのだから、当然かもしれない。

私は、みちのかみなる存在からご利益を得て、私が根本的に抱える問題を解決するために、強制的に色々な「もしも」の世界を移動させられている。

物部が死んだ世界、敏彦と子を作っている世界、親を殺さなかった世界。そのどれもで、私は、恐らく、失敗した。いや、失敗した、というのとも違う。どうしようもない、と分かってしまった。本当は何か解決できる方法があるにしても、思いつかない。できる気がしない。何も前に進んでいない。残っているのは自分自身に対する失望だけだ。

まだ。

まだ、というのは、まだ解決していない、という意味だ。多分、恐らく。「まだ解決していないのか？」と聞かれている。私がもう解決した、十分だ、そう思わない限り続く。そう思えないから、続いている。

今の私は、限りなく元の私――つまり、特にパートナーも子供もおらず、心霊関係の相談事務所をやっていて、物部も生きている、そういう世界にいる私に近い、そう感じる。

ただ一つ、何かが欠けている、そういう強烈な喪失感がある。それが何か、よく分からない。頭が痛い。自分の足が自分の足ではないようだった。もしかして、この世界の私は、体が健康ではない可能性もある。しかし、そんなことに構っている場合ではない。私は足を震わせながら、なんとか歩き出す。

途中で誰かにぶつかり、悪態を吐かれたが、直前まで、両親からさんざん罵倒される世界にいたからか、虫刺されよりもダメージがない。

人の多い方へ歩いて行って、私が今現在、新宿駅西口付近にいることが分かった。色々な姿かたちの人がいて、誰もこちらに関心がないように見える。そういう普通の光景を見て、私は少しだけ落ち着いていた。それで、やっと思い出す。私のやるべきことは、現状の把握だ、一体どうしたらいいのか、誰に何をすればいいのか――

「まだ」

喉《のど》から悲鳴の代わりに空気が漏れる。

「まだ」

近くにいる、と思った。いや、距離は関係ないのかもしれないが、できるだけ、遠くに行きたい。私は人を押しのけながら、階段をかけ下り、地下街に入る。耳を塞《ふさ》ぎながらアパレルショップの並ぶ地下街を走ると、いつの間にか声は聞こえなくなっている。

こんなことをしても意味がない。解決しなければいけない。

それで、パーカーのポケットにスマホが入っていることをやっと思い出す。

震える手でロックを解除し、スクロールする。電話帳もおおむね、同じだ。それで当然、物部斉清に電話をする。しかし、通話中で、五回鳴らしても出なかったから、絶望的な気持ちになる。

そして次に、敏彦に電話をかける。敏彦自体が何か解決してくれるとは思えないし、むしろ新たなトラブルを呼ぶ方かもしれないが、情けないことに、私には友人と呼べる人間は片山敏彦くらいしか存在しないのだ。

敏彦はワンコールが鳴りきらないうちに出た。

「もしもしい？」

私は一瞬、言葉を失った。少しの沈黙ののち、

「佐々木さん？　どしたあ？」

確実に敏彦の声なのだが、なんだか甘ったるいというか、はしゃいでいる様子というか、妙なのだ。だが、この世界の私と彼が、それを指摘していい関係かどうかはま

だ分からない。いつも、徐々に記憶が戻っていくのだ。ここは「もしも」の世界なのだから、設定がインストールされる、という方が正しいかもしれない。いずれにせよ私は短く「ごめんなさい」と言い、

「敏彦さん、非常に勝手なお願いなのですが、今からご自宅に伺ってもよろしいでしょうか？」

「おお、随分急だね。ちょっと待って」

ごそごそと音がして、敏彦が手で通話口を塞いだのだと分かる。電話の向こうで誰かと話している。耳をそばだててみても、内容は分からない。しばらくして敏彦が、

「今さ、彼のマンションにいるんだけどね、いいよ来ても」

「彼……？」

「三好《みよし》さん」

聞いたことのない名前だった。設定も、未《いま》だインストールされない。

「あれ？　言ってなかったっけ。三好昴《すばる》さん。有名人だよね。俺の大学の先輩で、いま一緒にいる……まあ、ほぼ一緒に暮らしてる感じかな、彼がアメリカにいる間は一人っていうか、三好さんのマンションに俺はいるって感じ。とにかくおいでよ」

「はい……」

敏彦から送られてきた住所は青山《あおやま》の賃貸物件のようだった。最寄りは渋谷《しぶや》駅という

ことだから、私は山手線《やまのて》に乗る。

移動の六分間の間に、敏彦の言っていた有名人の三好昴を検索する。Wikipediaがあった。

生物学者であり、現場の遺留品から100％の精度で犯人を同定する破壊的イノベーションの開発者であり、東京出身だが現在はアメリカ国籍。確かに、出身大学は敏彦と同じだった。筋肉質で背が高く、いかにも自信ありげな強者という風体の、日本人というよりはアジア系アメリカ人という感じの男性が三好昴らしい。もしかして、この世界線で敏彦は、彼と付き合っているか、もしくはもっと深い仲なのかもしれない。

電車が渋谷に到着し、大勢の人と一緒に降りる。

地図に従って進むが、私は路地を曲がるたびに怯《おび》えている。「まだ」という声がいつ聞こえてくるか分からない。聞いたような気さえする。とにかく、人に会いたい。

他の建物とは一線を画す高層マンションに到着し、私は頭の中で「早く」と唱えながら部屋番号を押す。敏彦が「開けるね」と言ってすぐにエントランスのドアが開き、私は「どうか」と祈りながらエレベーターに乗った。どうか、現れませんように。

エレベーター内には幸い、頭だけ天井から突き出したような恰好《かっこう》の女しかいない。髪の毛がちらちらと視界に入るが、「まだ」と聞かれるよりはずっとましだ。いつもだったら辻斬《つじぎ》り的にこいつも押し入れに閉じ込めるのだが、今は存在がありがたい。

三十七階に到着して、すぐに駆け出し、右の方向を見る。敏彦が立っていた。

「や、待ってたよ」

敏彦は、私の知る彼とは明らかに違った。薄茶色の髪を肩にかかるくらいまで伸ばし、襟ぐりが大きく開いた服を着ている。夏でもあまり肌を露出させないような服を着ていた彼が——しかしもちろん、そこだけ光が当たっているかのように美しい。どこの世界でも彼はきっと、こういう生き物なのだろう。その美しさは恐ろしいものだと思っていたのに、私は今ばかりはとても感謝し、安心している。

「入って入って」

「はい……お邪魔します」

部屋の中はかなり広々としている。

このような建物の部屋だから広いことは予測がついていたが、それでもここまで広く感じるのはほとんどものがないからだろう。目視できるのはソファー、ローテーブル、背の低い棚だけで、それ以外には本当に何一つ置かれていない。

「三好さん、ミニマリストなんだよね」

私の心を読んだかのように敏彦が言った。

「寝室もベッドサイドライトとベッドだけだよ」

「おい、勝手に個人情報を話すなよ」

声の方に視線を向けると、キッチンがあった。一応、キッチンの横に冷蔵庫があった。

その冷蔵庫より背の高い、筋肉質の男性。ほぼ写真どおりだ。今は、少しだけ髭《ひげ》が生えている。

三好昴は微笑みながら右手を差し出し、

「はじめまして。三好昴です。佐々木さんですよね。霊能者をやっているとか」

笑うと、発光するほど白い歯が見える。きっとアメリカの一流の歯医者にかかっていて、ものすごく金を使ってメンテナンスしているのだろうが、やや不自然だ。

笑顔も人工的で、私は正直あまり彼のことを好きになれそうにないと感じた。

Wikipediaには「破壊的イノベーション」と書いてあった。破壊的イノベーションとは、その技術の登場によって、地道に進化してきた従来のシステムを根本的に変革してしまうことだ。確かに、精度100％の犯人同定システムなど作られてしまっては、何人の科学捜査員がクビになったことだろう。そんなことを平気でできてしまう人格は、思いやりがあるとは言い難い――などと考えてしまうけれど、こんな感情は単に、時代についていけない弱者の僻《ひが》みだろう。ワープロも登場時は、手書きで努力しないと心が籠《こも》らない薄っぺらい文章になる、などと非難されたらしい。このなんとなくの不快な感情は桁違《けたちが》いの天才である彼への、そう言った僻みと、単純に私が気後れしているだけだ。

私は一応、握手を受けて、

「佐々木るみです」

と言った。

「どうぞ、座って」

三好はソファーの下から何かを引き出すような仕草をする。ソファーの一部が外れて、椅子になった。私はそれに腰かける。

「敏彦はこっちにおいで」

「はあい」

敏彦は妙に甘えたような声色で答え、三好の隣にもたれかかるようにして座った。

私と子を作る敏彦というのも違和感があったが、この妙に女性的な敏彦もとても奇妙に感じる。思わずじっと二人を見ていると、三好が口を開く。

「それで、佐々木さんは、どういう用件で？」

「ええと……」

私はちらりと、三好の健康的な笑顔を見る。本当は、席を外してほしい。しかし、私が押しかけている形なのだし、そんなことを言ったら失礼だ。敏彦はそれに気づいたらしい。

「ああ、三好さんはね、すごく賢いから——とにかく、あらゆる分野に精通しているから、悩みがあるんだったら、むしろ同席して聞いてもらった方がいいと思って。俺よりずっと確実に解決してくれると思うよ」

「いや、言い過ぎ。あらゆる分野ではないよ、まったく馴染《なじ》みがないものもある。例えば、オカルトとか」

私の職業を知ったうえでわざわざ「オカルト」と言ってくるあたり、彼は予期せぬ闖入《ちんにゅう》者に不快感を持っているのかもしれない、いや確実にそうだろう。

「オカルト信じないからこそ全部調べて、考えて、解明しようとするタイプじゃん。まあとにかく、三好さんって執念深いし、すっごい頭良いんだよ。どうしてもっていうなら、席外してもらうけど」

「あの……私が今、悩んでいるのは、まさに『オカルト』事案かもしれないので、もしかしたら、三好さんは不快になるかも……」

敏彦は途端に目を輝かせて身を乗り出し、三好は口元が引き攣《つ》っている。

「なに！　どんな！」

「……私は、今、私がどういう私であるか分からないのです」

「Why am I me?《なぜ私は私であるのか》　はオカルトじゃなくて形而上学《けいじじょうがく》だろ」

三好が小声で言う。よく分からない。私は気にしないようにして続ける。

「本当におかしなことを言っているのは分かっています。これに理由が付いて、結果私が病人であるというだけの答えが出たとしても、それが本当なら嬉《うれ》しいことです。でも、実際は――私は、色々な『もしも』の世界を廻《めぐ》り続けています」

敏彦は首を傾げている。

「映画で……いえ、この世界で、そういう映画があるのかは分かりませんが、マルチバースというものがあるでしょう」

「あー、パラレルワールドがたくさんあるやつ」

「それです。私は、そういうものを何度も廻ってきていて、元の世界に帰れません。今ここが私の元の世界ではないと、明確に分かるわけではないですが……多分、違う、と言えます。とても違和感がある」

敏彦は肩まで伸びた髪をかき上げながら、興味深い、といったような顔で「へえ」と言った。三好も何も言わないが、じっとこちらを見つめている。敏彦が言う通り、彼は荒唐無稽《こうとうむけい》で科学的でない話も「バカバカしい」と一笑に付すようなタイプではないらしい。

彼らが話を聞いてくれるのは、決して善意からではないだろう。しかし、それでもかまわない。私はところどころ端折《はしょ》ったが、おおむねすべてであったことを話した。物部や敏彦、青山君、私の知る人がそれぞれ、「もしも」の世界に存在していたのだと。

敏彦と子供まで作るような仲であったことだけはどうにか誤魔化して話さずに済んだが、私が両親から受けた仕打ちも当然話さなければならなかった。そこが話の骨子だからだ。彼らは、特にそこには反応しなかった。彼らにとっては、私がどういう生い立ちかなど、どうでもいいことなのかもしれないし、あるいは私が隠し通せていると思っただけで、私の立ち居振る舞いが如実に語っていたのかもしれない。ここの私は、元の私とは違う存在かもしれないが、どこの私だって、虐待を受けていた私なのだ。

話が『みちのかみ』に差し掛かると、敏彦は「物部斉清！」と言って顔を顰《しか》めた。どうも、この世界の物部も、敏彦とは馬が合わないらしい。

「それで、その『まだ』って言うみちのかみという神様は」

「ヒッ」

喉《のど》から悲鳴が漏れた。仕方がなかった。敏彦のちょうど後ろに、顔の半分、大きな目だけが見える。

「もしかして、今、いるんだ？」

私の頭ががくがくと揺れる。

「見てみたい」

敏彦が後ろを振り返った瞬間、空気に溶けるようにそれはいなくなった。

「見えないや」

「……もういませんから……」

「残念」

敏彦は三好に向かって「見えた？」と尋ねる。三好は首を横に振った。敏彦の緊張感のなさで少しだけ気持ちが落ち着くが、ほんの少しのことだ。いなくなったわけではないだろう。もしかしたら「現れた」とか「付きまとわれた」というのも間違っていて、ずっといるのかもしれない。私をずっと見張っている。私と波長が合ったときだけ見える。そちらの方がしっくりくる。想像してしまう。ずっと、目の前で、あの顔が、まだ、まだ、まだ、まだ、まだ、と問い続けているのを。良いものだとも、ありがたいものだとも思えない。ずっと監視され、どこに行っても許されない。そう考える。

「もう嫌だ」

口に出してしまったら止まらなかった。ダムが決壊したように涙が溢《あふ》れる。

「なんでこんなことさせるんだろう、どうして、私が何をしても、何がどうあっても、過去は変えられない、戻らない、私は結局、虐待されて、親を特殊能力で殺して、その力で醜く生きて来た私なんだから、どうしようもないのに、何を見せられても、正しい道を選んだなんて思えるわけがないのに、これ以上やりようはないですよ……」

「それはそうとも言えないと思う」

三好はまったく動揺することなく――いや、私が泣いていることなど気にも留めていないというふうに、きっぱりと言った。

敏彦の友人だけある。常に冷静だ。他人の情緒というものにまったく興味がないのだろう。

「なんですか？　急に」

あの、両親を殺さなかった、整形を繰り返し、誰彼構わず攻撃していた私も、私なのだと分かる。自分の意見に「そうではない」と言われることは、自分自身を否定されていることだと感じる。天才的な頭脳を持ち、体格も良く、こんな家に住めるくらい自分の才能を金に換える術《すべ》も知っている。そんな人間に何が分かるというのか。

「じゃあ、どうにかできるんですか。無限に続くのを、止められるんですか。それとも、オカルト女の妄言だって」

「佐々木さんだっけ。あなたは神というものを信じるか？」

三好は私の言葉をまったく聞かない。無視された怒りよりも、目の前の科学者から出て来た「神」という言葉に動揺し、思わず答えてしまう。

「……見たことがあります」

物部斉清を思い浮かべてそう言った。「えむ」と名乗った彼は、間違いなく物部だ。

どういう手段を使ったのか私の「もしも」に介入し、真実を伝えて来た。もしかしたら、あの世界には、物部はもういなかったのかもしれない。だから、子供の姿を取っていた。本当の名前が聞き取れなかったことにも説明がつく。マルチバースなんてなんでもありだろうに、無意味な制約もあったものだ。しかし、ここには確実に物部がいる。本当は彼と話したかった。

「そうか。見たことあるなら、話が早い」

三好はタブレットを取り出し、タッチペンで立方体を描いた。

「日本人は宗教への偏見が強く、信仰心の少しでもある人を十把一絡《ひとから》げに盲目的な信者扱いするらしいけど、まあ俺にもそういう部分はある。悪いことをした奴が酷《ひど》い目に遭うことが多いのは、単純に社会が悪いことを許さないからだろう。それを神の御《み》業《わざ》と思うのは、バイアスがかかっていると思うよ。こういう考え方は簡単に、酷い目に遭っている人間は悪いことをしたからだ、と逆転することがあって危険だ。ただ、俺は神――我々と別次元にいる知的な存在を否定することはしない。だからあなたが神を見たことがあるということも否定しない。そして今から出す『神』というのはあくまで譬《たと》え話の上の役名だと思ってくれ」

私が口を開こうとするのを、敏彦が唇の前に指を一本立てて、「シー」と言って制する。どうやら、相槌《あいづち》も許されないらしい。三好はまったくこちらを気にすることなく、話し続ける。

「この世界が、神が描いた一枚の絵だと考える。絵にはすべてのことが描いてある。

ビッグバンが起き、新たな宇宙が誕生した。

昭和五十年に、愛媛県の山本孝之《やまもとたかゆき》が咳《せき》をした。

二〇七八年、オンタリオ湖の水位が上昇した。

あらゆる場所、あらゆる時、すべてのことが一枚の絵に描いてある。

すべてのことが描いてある。つまり、神が描いた絵はもう完成している。

これまで起こったこと、今起きていること、これから起こること、すべてが一つの同じ場所に存在している。過去も現在も未来も等しく同時に存在している。

それはおかしいと思うか。

でも、相対性理論というのはそういうことなんだ。相対性理論では、時間と空間は分離していない。一つの時空を形成している。

相対性理論を分かりやすく説明した、まさに相対性理論の提唱者であるアインシュタインの言葉がある。

『熱いストーブの上に手を置くと、一分が一時間にも感じられる。

しかし、美女の隣に座っていると、一時間が一分に感じられる。

それが、相対性理論なのだ』

時間の流れは人によって異なるということだ。

ある人間が現在と認識するのは、時空という名のブロックを特定のアングルでカットした際の断面だから、当然別の人間は別のアングルでカットするわけで、その人の現在とは違う。

自分が『現在』だと思っているのは自分だけの『現在』だ。つまり『過去』も『未来』も自分だけのもので、普遍的な『過去』、普遍的な『未来』は存在しない。

神の描いた絵だから、物事は『起こる』んじゃなくて『ある』んだよな。

そこできっと、疑問が出てくると思う。

『じゃあ、未来は既に決定しているのか』という。

それは違うと思う。時間は存在しないのではなく、エントロピー変化だからだ。エントロピー、分かるか。

エントロピーとは、不規則性の程度を指す。

例えば、熱いものと冷たいものとを接触させると、熱は温度の高い方から低い方へと流れる。熱の移動は一方向にしか起きず、自発的に元に戻ることもない。

これがエントロピー増大の法則。物理学における基本的な大原則の一つだ。

時間も、エントロピーの増大だと考えれば説明がつく。

あくまでこれにのっとって考えれば、時間と呼んでいるものは、複数の出来事同士の相互作用でしかない。

エントロピーが増える方向が未来、減る方向は過去。時間の方向を決定しているのがエントロピー。過去には痕跡《こんせき》があるのに、未来の痕跡が存在しないのも、エントロピーの増大でエネルギーが熱に変換されると痕跡を残すのと同じ。ただそれだけ、そんなふうに。

量子物理学によれば、量子は本質的にランダムなんだ。放っておけば物事は不規則な方へ流れる、と言っただろう。量子が本質的にランダムなのであれば、未来が定まることはない。

自分でも、意味が分からないことを言ってるかもしれないと思う。人間の意識や感覚は物理法則の及ばない部分でもあるから。でも、こういう、あくまで物理学的な考え方をベースに、俺の意見を述べさせてもらうと。

すべてのものがそれぞれの役割を妥当に行ったのが『現在』なんだと思うよ。

佐々木さんが『様々な〝もしも〟の世界に行き、そこにいる自分の知人に会った』と言うのも俺は信じる――というか、否定する明確な根拠がない。物理学の世界では『多世界解釈』と呼ばれている。何かが観測されるたび、異なる結果の世界が分岐していく、というシナリオだ。しかし、今ここの世界以外を誰も観測できない。理由はなぜか。一昔前はデコヒーレンス――量子重ね合わせの干渉性が自然に壊れる現象だ、それが理由だと言われていた。分岐した世界との間の量子干渉性が壊れてしまえば、一つの世界の中にいる観測者は他の世界を原理的に観測できなくなるだろう、と。でもそれは」

「そこまで、そこまで」

　敏彦が両手を三好の左腕に絡ませて言う。三好は「うお」という呻《うめ》き声のようなものをあげて喋《しゃべ》るのをやめた。正直助かった、と思った。みっともなく流していた涙は止まっているものの、今度は怒濤《どとう》の知識に押し潰《つぶ》されてしまうところだった。立方体の中にグラフが書き込まれているが、図解されたところで私には理解できなかった。

「ドクター三好は天才だけあって、他分野にも詳しい。他人の素朴な疑問や意見を頭ごなしに否定しないし、きちんと説明してくれる。俺、そういうとこが好きなんだよね。だけど話が分かりづらい……っていうか、ほとんどの人は自分と同程度の知識を有さない、その視点が抜けてんだよね」

「いやでも……これは生物学者の俺でも分かる……大学レベルの物理学の知識だから、大卒者なら当然、理解できると……」

　敏彦はもごもごと言うのを無視して、

「せっかくいいこと言ってたのにね。すべてのものがそれぞれの役割を妥当に行ったのが『現在』なんだと思うよ、って。俺少し感動した。その通りだと思う」

白い腕が伸びて来て、私にティッシュボックスを渡す。私はありがたく数枚ティッシュをいただき、洟《はな》を思い切りかんだ。汚い音が響くが、二人がそれを気にしている様子はない。

私がゴミ箱に鼻紙を放り込むのを待ってから、敏彦は口を開く。

「三好さんの言葉……沢山の妥当な現在に連鎖して未来があるんだから、過去も現在も無意味なことは一つもない、って感じに解釈したよ。俺の解釈はちょっと文系すぎ？　馬鹿っぽい？」

三好は「そんなことないよ。そうだと思う」と言った。

これは本心で言っているのかもしれないし、自分より知能の低い人間にこれ以上説明しても無駄だと思ったのかもしれないし、敏彦の美しさですべてがどうでもよくなっているのかもしれない。

どうあれ、私は落ち着いた。その前向きな言葉に。

「すみません、取り乱しまして」

「佐々木さんがそうなるのは珍しいから驚いたけど、まあ人間誰でもそうなることはあるよね」

少しだけ気まずい。私を「るみ」と呼んで、子供まで作った世界があることは、彼には一生言えないと思う。

「あなたも、そうなったりする？」

「うん、当然」

敏彦は顔を絶妙な角度に傾げて微笑んだ。やはり、目を合わせると取り込まれそうな笑顔だと思う。私は目線を彼らの足元に合わせて、

「落ち着きましたが……私は、やはり、詰んでしまったかもしれません。繰り返しになりますが……私は様々な世界を廻りました。親を殺しても、殺さなくても、対決しても、私はずっと、解放されませんでした。解放されなかったということは、私が、深層心理では満足していないということです。私自身が、どうしても自分を価値あるものとは思えない。その根本は親にあったけれど、根本をどうにかしたところで、私はどうにもならなかった。たとえ、その、すべてのことに意味があったとしても、どうしたらいいのか」

「それは割と簡単だと思うけど」

「えっ」

敏彦は、はあ、と溜息《ためいき》を吐いた。

「物部斉清くん、まあ、彼はどこまで行っても神の視点だよね。実際、もう随分時間が経って、現状自分を脅かす親は遠い場所にいて、かつ立ち向かう力を身につけた人は、カウンセリングの最後の段階で親との対決が選択肢に入ってくるっていうのは、

カウンセラーの人から聞いたことがあるから、間違いではないと思うけど。それを強制的にせざるを得ないような状況に追い込むのは、かなり傲慢《ごうまん》じゃないか？　三好さんの譬《たと》え話で言えば、彼は絵を描いている側だから、答えしか分からないんだろうね。俺は人間だからそれ以外も分かるよ。人間は結局、他者評価がないと自分を価値ある者だなんて思えない。自分で自分を愛さなくてはみたいな話には、限度があるんだよね。俺、自己嫌悪が強すぎる人って、『私は愛されて当然なのにどうして愛されていないんだろう』みたいな妙な万能感を感じることすらあるよ。無条件に価値がある人間なんているわけないじゃん」

「何が仰《おっしゃ》りたいんですか」

「他人の言うことを信じなよって話」

私は思わず、正面から敏彦の顔を見つめた。眩暈《めまい》がするほど美しい。けれど。

「意味が分かりません」

「前提として、もう君には、対決する強さがある。まず、君は愛されている。誰からも、は無理だからね？　そんな人いないから。少なくとも、俺は君のことが好き。物部斉清くんもそうだろう。多分、君もそれは分かっているよね」

それは否定ができなかった。「私は誰からも愛されていない」とは思わない。

「はい……」

でしょ？」

「それと、君は現状を把握している。虐待してきた親にできること、全部体験したん
「そうですね」

「それで君は、他人を助ける行動を取れるまでになっている」

「私はそんなことしていないですけど」

「してるじゃん。その力を使って人助けしている。幽霊に興味があるからとか、自分の力を誇示したいからとか、色々な理由をつけて否定しそうだけど、そんなの、誰だってそうだよ。その上で、他人を助けているという結果がある。結果が大事」

「まあ……そうですね」

「じゃあ、あと何が足りないと思う？」

「ええと……」

完全に敏彦に操られている。そう感じるが、何も言えない。考えたところで、分かるわけがない。

「自分は今精一杯頑張ってここにいるんだ、って自分で宣言することだよ。それは別に、自分のことが愛せなくても、間違った選択をしたからここにいるんだと思っていたとしても、できるはず」

「は……？」

「確かに客観的に見て、過去のことでいつまでも苦しめられていたりするのは健全な状態ではない。でも、一度ひどく傷付けられたものが、そんなにすぐに回復して健全になることなんてあるのかな。ゆっくりゆっくり徐々に治っていくもんでしょ。元の状態を百として、数年に一でも二でも回復してたらそれでいい。それが、自分の現在の最高到達点であり、それでいい。とにかく、深層心理では信じられなくても、そう思い込む。そして自信満々に、その『みちのかみ』に宣言する」

「でも……」

「でもじゃない。世界で一番美しい俺に言われても信じられない？　俺は俺自身、別に一番美しいとは思っていないけど、堂々と宣言できるよ。こんなの簡単なんだよ。まったく誰からも言われたことがなければ無理だけど、誰か一人でもそう言ってくればいいんだから。三好さんは毎日、俺のこと世界で一番美しいって言うし」

思わず噴き出してしまう。なんて傲慢なことを言うのだろう。そして、同時に嬉《うれ》しいような、苦しいような、何とも言えない感情で、目から涙が溢《あふ》れて来る。

「あなたは、世界一美しいですよ」

「ありがとう。だからね、佐々木さんは大丈夫で、間違ったものなんて選んでないんだよ」

「だから、に繋《つな》がってませんよ……」

「くどいなあ。じゃあ、一番愛している、彼に聞いてきたらいいよ」

「あ、愛……それは……」

「それは誰とは言わせない。もう分かってるだろ」

「青山君」

口に出すと、記憶が降ってくる。

この世界に初めて「いる」と感じた時の違和感と不安。とてつもない欠落感。それは、青山君と私の関係性が、元の世界とは違うものだからだ。

この世界では、私は青山君と事務所を開いていない。一人だ。助手はいない。

「そう。彼だよ。きっと彼に認めてもらえば大丈夫」

「私……私と、彼は……」

「知らない？　思い出せない？　この場合どっちの表現が適切なの？」

敏彦の言葉が脳を素通りしていく。

「思い出せては……います、でも、ここの私は、その、彼とは」

「うん。そうだよ。すごく後悔してるって言ってた。お酒飲んだ時、いつも。あの時どうして突き放したのかって、ずっと。正直な話、自分でフったくせに何言ってんだろうとはちょっと思ったけど」

三好が「おい」と言って敏彦の脇腹を突《つ》く。三好の方がまだ、人間の感情の機微が分かりそうだ。顔が熱くなるのを感じる。

「私と彼は、恋愛関係では……」

「うん。恋愛とかじゃないよね。もっとベタベタに重い感じ。愛って、ラブだけじゃないでしょ。俺もさ、佐々木さんを通じてだけど、数回は彼と会ったじゃん？　いい子だよね。彼にはいつも、世界が美しく見えてるんだろうなと思う」

「はい」

「でしょ。だから、急に会いに行っても、まず間違いなく悪くは思わないだろう。大丈夫だよ」

「それはそうでしょうけど、でも……」

敏彦は私の返答を無視して続ける。

「後悔してるんだろ。謝りたいと思ってる。いいことだよ。謝りに行きなよ。それで、彼に聞いたらいい。『私が何一つできなくても、私のことを愛してくれますか』と」

「そんなっ」

敏彦の顔を見る。彼は真剣な顔をしている。少し怖いくらいだ。揶揄《からか》ったり、茶化したり、面白半分で言っているのではない。

「……そんなの、恥ずかしいです。私なんかが」

「気づいてないかもしれないけど、俺、君が廻《めぐ》った『もしも』の世界の話で思ったよ。

彼にとってもまた、佐々木さんは必要な存在なんだなって」

「は？　なぜ」

敏彦は指をくるくると回して言う。

「整形中毒になってた世界線の佐々木さんにさ、彼、色々言ったんでしょ」

「はい、まあ……あそこの私は思考力が著しく低く、キレやすかったので、癇癪《かんしゃく》を」

敏彦は私の言葉を遮るように、

「実際、無神経だなって思うよ。俺、抜群に恵まれた容姿を持っているけど……いや、だからこそかな。自分の恵まれている部分を持っていない人間に対して、『そんなもの大したことじゃない』なんて絶対に言えない。その世界線の青山君は悪い人ではもちろんないだろうけど、端的に言って未熟？　そう思う。佐々木さんが思考力が低かったというなら、彼は想像力が低かったと思う。少なくとも、俺の知ってる青山君はそんなことを言わない。絶対に」

そうかもしれない、いや、確実にそうだと思う。彼はきっと、言わないだろう。

「本質的には同一人物の『もしも』の世界なわけだから、彼は君と会って、君と過ごして、良い方向に変化したってことなんじゃないかな。つまり、青山君に会って佐々木さんが良い影響を受けたように、青山君も佐々木さんから良い影響を受けているという可能性。それだけで、俺には佐々木さんの価値の証明になる気がするけどね」

「そうかもしれません、とは思えないですね……私はあの時、本当に普通じゃなかったですから。容姿のことばかり言ってしまったと思うし……見るに見かねて、というか」

「結構、的を射たこと言ったつもりだけど、やっぱり駄目か。とりあえず、会ってきなって。君が納得しなくては駄目なんだから」

　敏彦は、そもそも「私なんか」なんて言い方は良くないとか、そういう感じの自己肯定感を上げるようなことを言ってくれたが、あまり頭に入っていなかった。そんなことで解決するだろうか、と考えている。そもそも私のことを誤解しているのだ。私は風変わりで強い女ではない。人よりずっと弱いのを、攻撃性で隠しているだけのつまらない女だ。

「ごちゃごちゃ考えてるみたいだけどさ、一人でごちゃごちゃ考えても解決しなかったわけじゃん？」

「はい……まあ……」

「こう考えることもできるよ。無限にいろんな世界に飛ばされるってことはさ、何度でもやり直しがきくってことだよ。ね？」

　敏彦の美貌《びぼう》が眼前に迫った状態で言われるすべてのことは、なんだか正しいことのような気がする。こう考えるところだって、私がつまらない女であることの証明だ。

とにかく行っておいで、と敏彦は言った。

つまらない女である私は、彼の言う通りにしてしまう。お礼をおざなりに言って部屋を出て、エレベーターで一階まで降りる。

地下鉄で銀座まで行き、日比谷《ひびや》線に乗る。ここまで来てやっと、謝りに行かなければいけない、という気まずさで胸が苦しくなる。敏彦の洗脳が解けたような感じだ。心臓がうるさいくらいに鳴っている。

「まだ」

正面に、みちのかみが座っている。

「まだ」

不思議と怖くはない。怖いのは、彼と会うことだ。

じっと自分の指を見る。太くて、ざらざらと荒れていて、醜い。

私はここの世界の私の気持ちが分かる。こんな醜い手で、彼の手を取って良いものとは思えなかったのだろう。彼の人生の一瞬でも無駄にしてはいけないと。こちらの私の方が、ずっと理性があったといえる。都合の良い、母代わりの人間として消費するなんてとんでもないことだ。

顔を上げる。みちのかみは見えなくなっていた。

ほどなくアナウンスが聞こえて来て、青山君の実家――ポーリク青葉教会の最寄り駅に間もなく到着することを告げる。

『私が何一つできなくても、私のことを愛してくれますか』

敏彦のセリフを思い出す。こんなことを正面から聞けるのは、彼のように容姿が美しい者の特権だろう、と考えてしまい、それを打ち消そうとする。そんなことではない。そんなことを考えることすら青山君に失礼だ。

彼が容姿のことなど、一度でも言っただろうか。彼は他の人間のように、嫌な顔をしたり、可哀想な人間扱いをしたり、そんなことは一度だってなかった。マナーを指摘されることはあっても、考え方を否定されたこともない。彼はいつだって、真の意味で優しかった。

それで、私の仕事まで手伝ってくれるようになった。幽霊なんて見えないし、彼には押し入れだってないのに、自分の頭で考えて、調べて、私とは違う解決法を模索してくれた。他人にただ優しい彼が、私のためには時として怒ることだってあった。

私はその変化を、悪いものだと思った。

彼の性格が、私や、私の齎《もたら》すものによって剣呑《けんのん》になってしまったと思った。それどころか、何かに取り憑《つ》かれた、と思ったりもした。

彼を遠ざけた。

人間は変わる生き物だ。立場が人を作る、という有名な言葉もあるだろう。人間の根本、魂の核とも呼べる性質は変わらなくても、それ以外は容易に変わる。若い頃明るかった人間が、闘病の末暗く後ろ向きな人間になったり、学生時代は社会への不満ばかりだった人間が、働くようになってから今自分のいる環境に感謝したりする。そんなことは、誰にだってある、当たり前のことなのだ。

青山君は、強くなったのだ。

学生時代の、甘さに近い優しさではなく、厳しさを含んだ優しさに変わった。それだけだ。

幼稚な、いつまでも変わらない私はそれが受け入れられず癇癪を起こした。

そして、彼を試すようなことを言った。

「青山君、この事務所は今日限りです」

そう言うと、青山君は大きな目をさらに大きく開き、

「どうしてですか？」

「幽霊が見えなくなりました。それ以外もです。ですから、当然、お祓《はら》いだってできません」

青山君はしばらく驚いた表情のまま固まっていたが、何回か浅い呼吸をしてから、

「物部さんに相談しましょう」と言った。

「きっと、原因があるはずです。先輩が分からないことでも、物部さんなら分かるか

もしれません。僕から連絡しても良いでしょうか」

「青山君は、私にそういう能力がないと困りますよね」

私は、そう言った。そう言ってしまったのだ。

「困りますね。先輩の問題は僕の問題でもありますから」

私はその答えが気に入らなかった。それで、強い口調で言った。

「そうですよね。私の能力がないと、あなただってお金稼げませんもんね」

「先輩……？」

戸惑う青山君に私は言った。

「私が何もできなければ私なんて必要ないんですよあなたに。能力がなくなったのは嘘です。でも、あなたと私が今日限りなのは本当。帰ってください。さようなら」

そんなことを感情のままに言ったくせに、怖くなって、彼の表情を恐る恐る窺《うかが》った。

彼は、悲しそうな顔をしていた。でも、目が合うとすぐ、笑顔を作った。

「僕は、先輩のことが、大事ですよ。だから、先輩が望むなら、そうします」

「自分の行動の責任を人に押しつけないで下さい」

私は帰ろうとする青山君に、なおもそんな言葉を投げつけた。

青山君は「ごめんなさい」と小さい声で言って、事務所を去った。

それきりだ。私は、謝れなかった。

分かっていた。彼がそんな意図で発言していないことくらい。ただ私の思ったとおりの反応を返してくれなかっただけで、腹を立てた。

「なんでそんなこと言うんですか？　先輩がいなきゃ僕はやっていけません」

そんなふうに縋《すが》ってほしかった。それで、やれやれ仕方ないなあみたいな、そんな態度で彼に接して、つまり、彼と私に上下関係があって、ずっと私は上に立っていたかったのだ。

彼が去って行った後も、私は関係を修復するための行動が取れなかった。彼が歩み寄ってきてくれると期待していた。

「先輩、やっぱり僕は先輩と仕事がしたいです」

そう言って、事務所にまた来てほしかった。

でもそうはならなかった。青山君は事務所に来なくなり、副牧師になって、実家で仕事をしている。それが気に入らなくて、裏切られたような気分だった。

自分から壊した関係なのに、ずっと、恨みに思って、それで、教会の前に行ったりした。

ちょうどバザーをやっていて、彼は楽しそうだった。

信者たちに囲まれて、笑っていた。彼を囲む人々の中に、私が彼と共に悪質な宗教団体の洗脳から救い出した女性、島本笑美《しまもとえみ》がいた。彼女は相変わらず、男性の理想形のような美人で、可愛らしい青山君とまったくもってお似合いだった。

質素ながら美しい建物と、若く美しい女性と、お菓子の良い匂いと、子供たちの声。

そして、笑顔。みんな笑顔だった。完璧《かんぺき》だった。そこには幸せしかなかった。

私はそのまま、滅茶苦茶《めちゃくちゃ》に歩いて、電車も使わずに六キロメートル歩いて事務所に辿《たど》り着き、床に倒れ込んで一晩が経った。ひどい気分だった。彼と私では根底から何もかもが違うと突きつけられた。それで、気づいた。

私は彼がいなくては駄目だが、彼は違う。

私がいなければ仕事もできないなんて、私を慕ってついてきてくれているだなんて、思い上がりも甚だしい。いや、心の底では分かっていた。彼にとって、私は必要がない存在だ。

青山君一人に任せていた書類仕事は、二ヵ月でにっちもさっちもいかなくなって、税理士を雇った。アルバイトの人間に掃除や洗濯をしてもらうこともあった。でも、そんなことをしてもつきつけられるだけだった。

私は彼がいてくれるだけでよかったのだ。

彼のことを、百合子が死んだら母親の代わりになってくれるかもしれないなどと思っていたけれど、違った。彼はもう、母とは違う、大切なものとして、私の中に存在してしまっていた。

やはり、敏彦の言ったことは信じられなかった。彼は私がいなくても成長し、真に優しい人間となる。私が齎した良い変化なんて、微々たるもので、それも代わりがいる。それに比べて、悪い変化は沢山ある気がする。気持ちの悪い中年女など近くにいない方がずっと、彼は幸せそうなのだ。

「死んだ方がいいな」

ドア付近に立っていた女性がぎょっとした顔でこちらを見ている。目が合うと、さっと俯《うつむ》いた。

声に出てしまっていたのだ。

本当に、私は死んだ方がいいと思う。幼稚で恥ずかしい人間だ。それは、この世界の私も、同じことだ。

この世界の私は、学生時代の彼に同じように試し行動をして、同じようにひどいことを言った。

『嫌ですよ。どうしてあなたと事務所なんか開く理由が私にあるんですか？　あなたが私に興味があって、子犬みたいに後をついてくるのは、私があなたのお祖父《じい》様と同じように、お祓いのできるユニークな人間だからでしょう』

青山君はこう答えた。

『ち、違いますよ！　先輩と一緒に行動すると、色々な視点からものが見られるんです。僕は保守的な人間だから、とても有難いし、嬉《うれ》しいです。それに』

私は最後まで聞かなかった。私の望んだ答えではなかったからだ。私は、『先輩のことが好きだからですよ』『先輩と一緒にいたいだけです』と答えてほしかった。

『私はあなたに気づきを与えるための道具ではありません』

そう言って、それきりにした。青山君はいつも言葉を尽くしてくれるだけだ。軽率に好きだの一緒にいたいだの、そんなことを言う浅薄な人間ではない。私が試し行動なんてせず、率直に言えばよかっただけだ。これからも私について来てくれるか、と。私はあなたにとって不愉快な存在ではないか、と。それだけのことができず、一時的な、幼稚な感情で、彼を傷付けた。

「まだ」

私は答えない。まだだと、分かっている。

ドアが開いた。私は必要もないのに小走りで駆け降りる。

その勢いのまま改札を通り、階段を上がり、地上に出てからも走る。

会いたくない、という気持ちもある。気まずくて恥ずかしい。でも、会わなくてはいけない。これは、みちのかみのことを納得させる、という自分の目的のためだけではない。きちんと謝らなくてはいけない。自分の恥ずかしい過ちを認め、許してくれなくても、優しい彼にきちんと。

ドーム型の遊具がある公園を通り過ぎる。ちらりと、みちのかみの影が見えた。

まだまだ、そう言っているかもしれない。まだだ。でも、もうすぐだ。

教会の尖《とが》った屋根が見える。青山君のアイルランド人の曽祖父《そうそふ》が、日本にキリスト教を布教するために建てた教会。私は教会も寺も神社も好きではなかったが、この場所は別だった。彼と同じようにバターの香りがして、彼と同じように柔らかい空気が吸えた。

教会の前の広場には、バザーの時のような賑《にぎ》わいはなく、掃き掃除をしている女性がいるだけだった。彼女は私の荒い呼吸に気づいて顔を向ける。

見知らぬ女性だった。肩まで伸ばした髪の毛が日光を反射してきらきらと光っている。

彼女は妖精《ようせい》のような足取りでふわりと近付いてきて、私に微笑みかけた。

「こんにちは、何か御用ですか？」

島本笑美のことを思い出す。

私の世界では、笑美は、事件解決後、教会の信徒の一人になり、時折開催される聖書朗読会や勉強会、英会話教室などに参加したり、手伝ったりもしていると聞いていた。私と青山君はこの世界では一緒に仕事をしていない。だから、彼女がどうしているかも分からない。私はつくづく最低な人間だった。彼女を救えなかった可能性よりも、私と青山君が行ったことがなかったことになっているのを、残念だと思っている。

この女性は笑美ではないし、青山君と一体どういう間柄なのかは分からない。一つだけ分かるのは、白い服を纏《まと》って柔らかに微笑む彼女は、この場所にふさわしいということだった。よく、思い上がれたものだ。私なんかいなくても、彼の元には、彼にふさわしい人間が引き寄せられる。

「どうしましたか？」

女性が大きな瞳《ひとみ》をきらきらと輝かせながら、そう尋ねて来る。

「すみません、私は、佐々木という者ですが、こちらの、青山幸喜さんの大学の、同窓生です」

「ああ、幸喜くんに御用なんですね！」

幸喜くん——そんな呼び方一つに心がざわつき、まともな反応ができなくなる。情けない。私は頷《うなず》くことしかできない。

「じゃあ、呼んできますね」

小鳥のさえずりのような声でそう言って、女性は教会の中に入る。勝手知ったる、というような態度を見て、嫉妬《しっと》がむくむくと湧き上がる。もしかして、彼女はもう、青山君と男女の仲なのではないか。そうだとしたら——

そこまで考えて、また恥ずかしくなる。だったらどうだと言うのだ。

青山君も彼女も、一般的に好感の持てる容姿で、年齢もさほど変わらない。お互いに好意を抱いたとしてもなんの不思議もなく、大学の先輩であっただけの私が入り込む場所はどこにもない。嫉妬することすら烏滸《おこ》がましい。

中から笑い合う声がしてからすぐ、笑顔の二人が出て来る。幸せそうだ。

青山君の明るい茶髪が、日光を受けて金色に見える。以前話してくれた。外国人風の容姿で、幼い頃は揶揄《からか》われたのだ、と。私はその時、ぜいたくな悩みだな、などと思った。私は明確に醜い容姿ゆえ、揶揄いなどという範疇《はんちゅう》には収まらない扱いを受けていたからだ。本当に幼稚だ。どうしても、自分と比べて他人がどうか、そんなことばかり気にしてしまう。

「青山君」

そう呼びかけると、彼は彼女と話すのをやめて、顔をこちらに向けた。

「先輩、こんにちは……ずいぶん、久しぶりですね」

青山君の表情にも少しだけ硬さがある気がした。少し悲しいが、私に傷付く資格はない。そもそも、この世界では、何年も会っていないのだから当然だ。

本当は色々前置きをすべきだった。突然会いに来たことの言い訳を。でも私の口からは、

「お久しぶりです。今日は、謝りに来ました」

そう言ったのとほぼ同時に、彼女が口を開く。

「あの……私、いない方がいいかな？」

「うん、ごめんね、ちょっと入ってて」

青山君は優しく、しかしきっぱりと言う。女性は笑顔を崩さず頷いて、教会の中へ入って行った。どうしても得意になりそうになる。彼は、私を優先したのだと。こんな気持ちを消してしまいたい。下唇を強くかみしめる。

私が次の言葉を探しているうちに、青山君が先に口を開いた。

「色々話したいことはあります。だって、本当に何年ぶりですか。お変わりないですか」

「ええ、まあ……」

「それはよかった。近況報告の前に、聞きたいことがあります」

青山君の声で、顔を上げる。彼は、少し困ったように笑っている。

「謝る、とは……？」

「謝りたいんです」

私は頭を、できるだけ低く下げる。

「本当に、すみませんでした。勝手なことばっかり言って。あなたのことなんて一つも考えず、自分の思った通りにならなかったからって癇癪《かんしゃく》を起こして、あなたに八つ当たりをして」

「ええと、ううん……」

顔を上げて、彼の様子を窺《うかが》う。

青山君は考え込むような仕草をしている。

「許してほしいわけじゃないです。いや、本当は許してほしいですけど……その」

「先輩は、一体、何が仰《おっしゃ》りたいんですか？」

怒っているわけでも、責めているわけでもない、ごく平坦《へいたん》な声のトーンで彼は言う。

「さっきから、なんでそんなふうに、謝りに来られたのか、分からなくて。きっと、学生時代のことですよね。一緒に心霊関係の相談所をやろうなんて言って、断られてしまった」

青山君は、ふ、と溜息《ためいき》を漏らす。

「先輩は優しいから、あの後もずっと気に病んで、わざわざ来てくださったんでしょうけど……断られたのは当たり前ですよね。特に明確なビジョンもなかったのに、思い付きで……恥ずかしながら、本当に何も考えてなかったんです。あ、もしかして、断ったことではなく、言ったことを気にしている感じですか？　でも僕、先輩に言われたことは当たり前のことだと思っています。先輩は、わざと厳しい言葉で言ってくれたんですよね。僕に危険が及ばないように。僕には、先輩みたいな力はないから、それも当たり前」

「青山君……違うんです」

「いえ……大丈夫です。確かに言われた直後は驚いたし、なんで急にそんなこと言われたんだろうって考えたりもしましたけど。全面的に僕が悪いです。ここで副牧師として働いている間に、気がつきました。向いていなかった。僕がいるべきなのは、ここです。ここで、皆さんに、僕が幼い頃から助けられてきた、キリスト教の教えを広めて、皆さんが心安らかに生きる手伝いをする。それが僕の使命で、仕事です」

「青山君……」

彼はまっすぐに私を見つめる。瞳に私の姿が映っていて、堪《たま》らなく恥ずかしい。

「高知の物部さんが昔、言ってました。手に余ることをするな、と。その通りだと思います。僕は先輩みたいに、直接的に悪いものを祓《はら》う力なんてない。だから、それは僕の仕事じゃないんだと思います。僕は、困っている人の、心のサポートをしていきたいと」

「青山君！」

彼が言い終わってしまったら、もうすべてが終わりになるような気がして、大声が出る。彼が全部言い終わってしまったら、もう私の言うことはなくなって、一生、私と彼の道は交差しないことになる。それだけは嫌だ。

「私は、聞きたいことがあるんです」

勢いのままに言う。こちらの青山君には、意味不明だと思う。突然、何年も会っていなかった女がこんなことを言うなんて不気味だと思う。それでも。

「私が——私の能力がなくても、私には価値がありますか」

「あるに決まってるじゃないですか」

青山君は即答する。私はこの期に及んで素直に受け取れない。

「それはあなたの、キリスト者としての、アガペーに溢《あふ》れた答え？」

捻《ひね》くれた厭《いや》みっぽい言葉。自分で言っていて嫌になる。

「何言ってるんですか」

青山君は少し寂しそうな顔をしている。私の知っている顔ではなかった。大人の顔だった。

「先輩はもしかして、今でも、面白半分で先輩のお祓いを見たいから、という理由で僕が一緒に働きたいと言ったと思ってるんですか。だとしたら、ちょっと怒りたいです」

「いえ……」

青山君は眉《まゆ》をハの字に下げて、少しだけ微笑む。

「僕は、あなたのことが好きだったんですよ。仕事でもいいから、一緒にいたかったんです。それだけです」

彼は少しの間、沈黙した。茶色い目は何かを期待するようにこちらを見ていたが、私は何も言えなかった。

諦《あきら》めたように青山君は、

「一般的に価値があるかないかなんて聞かれたら、それこそアガペーを以《もっ》て、万人に価値があると言いますよ。でも、そうじゃないです。僕は先輩のことが好きでした。面倒見が良くて、頭が良くて、僕とものの見方が違う先輩が好きでした。それだけです」

幸せだった。

彼の言葉はすべて過去形で、こんなにさらりと言ってしまえるくらい、過ぎたことなのだ。それを突き付けられても私は、嬉《うれ》しかった。

「私の、お祓いは」

私は震えた声で言う。何を聞きたいのか、言いたいのか、自分でも分からない。でも、青山君は、何か理解したように頷《うなず》いた。

「そういう特別な力を使って、人助けしている人を尊敬しています。僕の祖父もそうでした。教会からは異端だって言われてましたし、インチキだと決めつけて、揶揄ったり遊び半分で扱ってくる人も多かった。先輩のご苦労も少しは分かるつもりです。

その力は困っている人にとって有用だと思いますが、多分、先輩はそれがなくても、別の形で人を助けていたと思いますよ」

「私が？」

「はい。だって先輩、面倒見がいいですもん。資料を貸してくれたりする人はいましたけど、後輩のためにずっと夜まで残って、卒論を手伝ってくれて、それで全然恩に着せてこなかったのなんて先輩だけですよ」

「そうですか……」

「そうですよ」

そんなことは覚えていないけれど、善意からではないに決まっている。どうせやることが他になくて暇なだけだった、と思う。でも、彼がそう思ってくれたということは、そうなのかもしれない。後輩の面倒を見る親切な先輩であると、そういうふうに思い込む。私には、善性があると。

「お話、終わりました……？」

気がつくと、先程の女性が庭に出て来ていた。

「終わってない、みたいですね、お邪魔してすみません。でも、お外で立ち話なんて疲れますから、中に入ってお話ししたらどうですか？　幸喜くんの先輩……私、幸喜くんの学生時代の話とか、聞きたいです」

「僕は話されたくないなあ……あ、先輩、こちら、妻のアカリです」

「すみません、ご挨拶《あいさつ》もしないで。青山アカリです」

アカリが頭を下げると、柔らかそうな髪の毛がさらさらと落ちる。

「可愛らしい方ですね」

そう言うと、アカリは照れたように顔の前で手を小さく振った。

「まだ」

アカリの声でそれは言った。視界の端に、みちのかみが見える。

もう恐れはなかった。その異形の風体も、不気味には思わない。確かにこれは、ご利益だった。もう、二度と賜りたくないものだが。

試しに右腕を上げ、横に払ってみる。私の押し入れ。忌まわしい私の宮殿。青山君と私の間にいるアカリを封じ込めようとしてみる。実際まだ、嫉妬《しっと》の気持ちは残っているのだから。

予想通り、何も起こらなかった。もうイメージできない。

「もう大丈夫です」

私は言った。青山君が「なんですか？」と聞き返してくる。

「私はもう、大丈夫です」

終章　真理

目が覚めてすぐ、私は激しい吐き気に襲われた。どこか吐くところを探す。トイレが望ましい。立ち上がると、ぐらぐらと頭が揺れる感じがあって、余計に気持ちが悪い。

「おう、るみちゃんか。おかえり。そこに吐いたらえいがやないろう」

物部が私の足元を指さす。盥《たらい》のようなものがある。

「い、いや、こ、こんな、ところで……」

「我慢せんでも。限界じゃろ」

その通りだった。私はその場に膝《ひざ》をつき、思い切り戻してしまった。汚い音がして、酸っぱい嘔吐物《おうと》が出てくる。

「完全に吐ききった方がえい。便所はあっちじゃ」

ほんの少しだけ視界がぐらつかなくなり、私は盥を持って、よろよろと便所に向かう。

物部が寝るだけの場所だという簡素な小屋は、簡素なのは見た目だけで、旅館のような檜湯《ひのきゆ》があり、トイレもホテルにあるような水洗便所だ。誰が置いたのか、オシャレなディフューザーに申し訳なくなりながら、盥の中身を捨て、さらに胃の中に残っていたものをすべて吐き出す。

洗面台で口と顔を思い切り洗う。鏡に映った顔は、いつもより更に腫《は》れあがっていて、豚の死体みたいだ。

もう何度か洗っても、顔の状態はあまり変わらなかったから、諦めて物部の部屋に戻る。

私が入ると、彼は掃除をしていた。

「私が掃除しますよ……」

「いんや、俺の部屋じゃき。それに、るみちゃん、ほんな様子では、なあ？」

恥ずかしくて顔が熱くなる。頬が赤くなっていたとしても、こんな顔では分かるはずもないけれど。

「ほとんどは終わっちょる。二人が始末してくれた。俺は掃き掃除しちょるだけ」

「はい、すみません……本当に情けないことで……」

物部は私を見て、「おう」と微笑んだ。

「随分呑《の》んだきにゃあ。まあ、あがい呑んだらそうなるわ」

「……お恥ずかしい限りです」

「えいえい。気にしなや。青山君はさすがじゃねえ。アイルランド人？　の血ィかなあ。一番早くに起きて、ランニングします、言うちょった」

昨日は本当に、信じられないほど呑んでしまった。

仕事で物部を頼って高知まで来たものの、道中で解決してしまい、「頼らなくて大丈夫になりました」と連絡をした。物部は「せっかく来たんやき」と言い、家に誘ってくれた。

私と青山君はスーパーで酒と食材を買い込んでから集落へ行き、そこで酒を呑みながら色々と話した。青山君の作ったおつまみは美味《おい》しく、誰一人大して面白い話をするわけでもなかったのに妙に幸せで、私たちは笑いながら、浴びるように酒を呑んだ。

それで、青山君は――

「青山君」

頭の中が急に晴れたような気がした。私は、思い出す。何が起こって、何を行って、何があったか、そのすべてを。二日酔いがどこかへ吹き飛んでいくようだった。私は今すぐ、目の前の彼に言うことがある。

「物部さん、あの」

「なんじゃあ」

彼は少し青白い顔をしていた。私が疲れさせた、そう確信する。頭をできるだけ低く下げる。

「あの、本当に、ありがとうございました、いつも、色々」

「なんのことじゃ。分っからん」

おどけた口調でそう言う。

「誤魔化さないで下さい、あなた、おかえりって、言いました。また私、あなたに」

「俺は何もしちょらん。全部自分で終わらせたがじゃろ。まあ、それも、もしも、もしもの話じゃ」

くすくすと物部は笑う。上機嫌だった。酒を呑んだ日、その次の日、酔っぱらっている彼は、実年齢よりずっと幼く見える。

「あの……」

「俺にお礼を言うより、青山君に会った方がえいろうね」

物部は天井に向かって両手を合わせた。一瞬、目がきらりと光った。

「なんもかんも、無限にあるわけではない。もう道が分かれることはない。ここからは一本、ずうっと、続いていく」

そして彼はその姿勢のまま、何かを唱えだす。

黄金花べら花みてぐらへ、諸願成就、集まり影向《ようごう》成り給《たま》え。

きっと彼はもう、私の言葉は聞かないだろう。

私は玄関に出て、靴を履き、そこからは走りだす。

森林の匂いが鼻腔《びくう》に充満する。とてもいい気分だった。

しばらく、走り回る。何度か石に足を取られて転んでも痛くはない。走り回って、もう一軒先の小屋の屋根を見つける。小屋の前に、人影が見えた。

金色に輝く髪がとても綺麗《きれい》だと思った。

「青山君！」

私は大きな声を出す。彼は振り向く。私に気づいて、笑顔になる。

「なんですか先輩！」

そういう冗談だと思ってくれたのか、青山君も同じように、無駄に大きな声で答える。

私は彼に追いつき、笑顔を作った。きっと誰が見ても、気持ち悪いと思うだろう。少なくとも綺麗だとは思わないだろう。

青山君は違う。満面の笑みを返してくれる。青山君以外は。

「先輩、どうしたんですか。いいことがありましたか」

「いいえ、いいことは全然ないですよ。さっき、盛大に吐いてしまいましたし」

「ええ、大丈夫ですか？　まだ休んでた方がいいですよ。あ、彼女は先に下山しました。なんでも、聖地？　があるそうで」

「彼女……？」

「大丈夫じゃないですね。しっかりしてください。長尾《ながお》アカリさんですよ。確かに先輩とは今回がはじめましてですけど、一カ月きちんとやってくれてますよ。彼女は優秀です」

ふふふ、と気持ちが悪い笑い声が漏れる。

「私もう、ダメかもしれません」

青山君の顔が急に張り詰める。

「今すぐ物部さんのところに帰りましょう。鞄《かばん》取って、下山しましょう。長尾さんに電話して、車も回してもらいますから。肩、摑《つか》まってください。それとも、背中に」

「そういうことではないですよ」

彼は優しい。まったく変わらない。どこでも、何があっても。

「私はもうきっと、今までできていたことができません、だから駄目なんですよ」

「先輩は駄目じゃないですよ」

真剣な表情のまま、青山君は言う。

「何があったんですか。ごめんなさい、一緒になって笑って。きっと、無理をしているんですよね。話せることなら、話してください。頼りにならないかもしれないけれど」

青山君。青山君。青山君。

話したいことがたくさんある。話すべきではないかもしれないけれど。

頼りにならないわけはない。

私が、どれだけあなたの存在に救われているのか、どれだけずっと、あなたのことを考えていたのか。それはどの世界でもそうだった。話したい。けれど、話すことはないだろう。

「いいえ、駄目なんですよ、もう」

青山君は少し怪訝《けげん》な顔で私の次の言葉を待っている。待ってくれている。

私の押し入れは二度と開かない。

でも、私には生きる価値がある。

参考・引用資料

「増補　いざなぎ流　祭文と儀礼」斎藤英喜（法蔵館文庫）
https://www.youtube.com/watch?v=wwSzpaTHyS8
https://news.yahoo.co.jp/expert/articles/6f36037181f86fe397419683052eafc203e7b227
https://note.com/quantumuniverse/n/n4e6874a853e8

本書は角川ホラー文庫のための書き下ろしです。
また、本書はフィクションであり、実在の人物や団体、地域とは一切関係ありません。

無限《むげん》の回廊《かいろう》
芦花公園《ろかこうえん》

角川ホラー文庫　24553

令和7年2月25日　初版発行

発行者――山下直久
発　行――株式会社KADOKAWA
〒102-8177　東京都千代田区富士見2-13-3
電話 0570-002-301(ナビダイヤル)
印刷所――株式会社暁印刷
製本所――本間製本株式会社
装幀者――田島照久

●お問い合わせ
https://www.kadokawa.co.jp/ (「お問い合わせ」へお進みください)
※内容によっては、お答えできない場合があります。
※サポートは日本国内のみとさせていただきます。
※Japanese text only

ISBN978-4-04-115768-8　C0193

角川文庫発刊に際して

角川源義

第二次世界大戦の敗北は、軍事力の敗北であった以上に、私たちの若い文化力の敗退であった。私たちの文化が戦争に対して如何に無力であり、単なるあだ花に過ぎなかったかを、私たちは身を以て体験し痛感した。西洋近代文化の摂取にとって、明治以後八十年の歳月は決して短かすぎたとは言えない。にもかかわらず、近代文化の伝統を確立し、自由な批判と柔軟な良識に富む文化層として自らを形成することに私たちは失敗して来た。そしてこれは、各層への文化の普及滲透を任務とする出版人の責任でもあった。

一九四五年以来、私たちは再び振出しに戻り、第一歩から踏み出すことを余儀なくされた。これは大きな不幸ではあるが、反面、これまでの混沌・未熟・歪曲の中にあった我が国の文化に秩序と確たる基礎を齎らすためには絶好の機会でもある。角川書店は、このような祖国の文化的危機にあたり、微力をも顧みず再建の礎石たるべき抱負と決意とをもって出発したが、ここに創立以来の念願を果すべく角川文庫を発刊する。これまで刊行されたあらゆる全集叢書文庫類の長所と短所とを検討し、古今東西の不朽の典籍を、良心的編集のもとに、廉価に、そして書架にふさわしい美本として、多くのひとびとに提供しようとする。しかし私たちは徒らに百科全書的な知識のジレッタントを作ることを目的とせず、あくまで祖国の文化に秩序と再建への道を示し、この文庫を角川書店の栄ある事業として、今後永久に継続発展せしめ、学芸と教養との殿堂として大成せんことを期したい。多くの読書子の愛情ある忠言と支持とによって、この希望と抱負とを完遂せしめられんことを願う。

一九四九年五月三日